2016 연간집

부처님과 곱슬박이

한국불교아동문학회 엮음

대양미디어

어린이의 꿈 어른들의 추억

회장 이 창 규

꿈과 추억이 풍성하게 담긴 회원들의 연간
집 『부처님과 곤줄박이』를 펴낸다.

아동문학은 어린이가 울기 전에 내가 먼저
울고, 어린이가 웃기 전에 내가 먼저 웃으면서
어린이들을 이끌어 내는 예술이다. 예술로 빚
어 낸 창작품은 어린이들을 대상으로 하고 있
지만, 유아들을 대상으로 할 때에는 어른들이
먼저 읽어 내어야 할 때가 많고, 같이 읽거나 나중에 읽을 때를 생각해
서 특히 어린이를 둔 학부모가 먼저 읽어 주었으면 한다. 그런 점에서
어린이들과 성인들을 위해서 아동문학이 필요한 것이다.

회원들이 어린이에 대한 관심과 사랑을 작품으로 풍성하게 쏟아 낸
연간집 『부처님과 곤줄박이』에는 현재 54명의 회원이 청탁에 응해 주
신 덕분으로 동시는 신현득 전 회장님의 '날개 단 교실'을 중심으로 33
명 92편 작품과, 동화는 이영호 전 회장님의 '부처님과 곤줄박이'를 중

심으로 한 18명 18편, 아동극본, 수필, 기행문도 실었다.

회원들의 창작정신으로 빚어 낸 작품 속에 빠져들게끔 회원들과 성인들의 관심 있는 배려를 바라며, 내실 있는 작품성에 보람찬 한 해가 되리라 생각한다.

끝으로 책이 나오도록 지원해 주신 대한불교조계종 총무원에 감사드리고, 좋은 책으로 나오기까지 관심 갖고 도와주신 회원과 관계자 여러분께 고맙게 생각한다. 그리고 원고 수합과 정리에 동참해 주신 사무처장과 인쇄를 맡아 주신 대양미디어 서영애 사장님께도 감사드린다.

불기 2560(2016)년
가을

목 차

| 책머리에 | 어린이의 꿈 어른들의 추억   003

❖ 동시

강용숙 • 제주 예쁜 돌꽃 외 1편   010

고광자 • 섬 마을 외 1편   012

공현혜 • 꽃방석 외 2편   014

권대자 • 자연이 주는 가을 외 2편   017

권영주 • 보살 미소 외 2편   020

권오삼 • 빗방울 살려 외 2편   023

김규학 • 다행과 안 다행 외 2편   026

김기리 • 소곤소곤 외 2편   030

김동억 • 햇살 털기 외 2편   033

김옥애 • 누워있는 부처님 외 2편   036

김종영 • 돈의 말 외 2편   039

민금순 • 앵두가 열리면 외 2편   042

박방희 • 딱새 외 2편   045

박용열 • 오대산 가는 길·2   048

박지현 • 지구의 눈 외 2편   050

반인자 • 억만장자 외 2편   053

백두현 • 영어 공부하는 이유 외 2편   056

설용수 • 마음의 등불   059

신이림 • 낯가림 외 2편   060

신지영 • 사과 반쪽 외 2편   063

신현득 • 날개 단 교실 외 2편   066

우점임 • 다그치는 시계 외 2편   071

유한준 • 수행 외 4편   074

윤이현 • 나는 형이니까 외 1편   081

이동배 • 연꽃 외 2편   083

이성자 • 복숭아의 우정 외 2편   087

이승민 • 학교 앞 신호등 외 1편   090

이창규 • 착한 어린이 외 2편   093

장승련 • 다른 이름 외 1편   096

장지현 • 지지 않는 법 외 2편   099

조철규 • 마음33 외 2편   102

최만조 • 봄을 여는 풍경소리 외 2편   105

하순희 • 아름다운 가게 외 2편   108

❖ 동화

곽종분 • 두더지마을의 부처님   112

김상희 • 발   118

김영순 • 두 부자의 이야기   123

김종상 • 강노인   129

박선영 • 별빛 눈 다롱이   134

박춘희 • 소나무, 하늘을 날다   140

반인자 • 묵주와 염주   148

손수자 • 반짝반짝 빛나는   151

양인숙 • 한마디의 말   157

오해균 • 까치 행자   166

윤사월 • 섬 마을 흰 까치   172

이수경 • 눈사람 셋   178

이연수 • 진짜 비밀이다   187

이영호 • 부처님과 곤줄박이   194

임신행 • 아기 돌게가   201

전유선 • 도투의 모험   210

정혜진 • 돌부처 파수꾼   215

홍재숙 • 호랑이 모양 우리나라 지도를 누가 지켰을까?   223

❖ 아동극본
곽영석 • 칠불암의 문수동자   230

❖ 수필
박춘근 • 지난, 그 어느 날의 이야기   250

❖ 기행문
정명숙 • 숙이의 유람선 문화 엿보기   256

동시

강용숙　고광자　공현혜　권대자　권영주　권오삼　김규학　김기리

김동억　김옥애　김종영　민금순　박방희　박용열　박지현

반인자　백두현　설용수　신이림　신지영　신현득

우점임　유한준　윤이현　이동배　이성자

이승민　이창규　장승련　장지현

조철규　최만조　하순희

제주 예쁜 돌꽃 외

강 용 숙

맑은 보롬 솔솔 부는 공기 좋은 제주에
자연이 피워준 제주 들 돌마다 피운 꽃
어떵 호연 이렇게 갖가지 예쁜 모양
질에 담돌광 밭담 돌에도 피어 있지요
제주 들판 돌에 천만년 피는 예쁜 돌꽃.

맑은 바당 물결 이는 아름다운 제주에
자연이 피워준 제주 바당 돌에 피운 꽃
보민 볼수록 신기한 갖가지 예쁜 모양
물 싸민 바당 고에 돌꽃이 피어 있지요
제주 바당 돌에 천만년 피는 예쁜 돌꽃.

할미꽃

산마루에 산 할머니 허리 굽은 할머니
누구를 기다리다 낮잠을 주무시나
콜콜콜콜 아기처럼 할미꽃 할머니
봄바람이 살랑살랑 부채질해요.

후렴) 솜털 옷에 빨강모자 쓰고 주무시다
　　　머리털이 하얗게 세시면 어떡 해.

노랑해님 뿌려주던 따스한 햇살에
할미꽃 할머니가 단잠이 드셨어요.
콩콩콩콩 아기처럼 할미꽃 할머니
꿈나라로 고롱고롱 떠나셨어요.

해당 강용숙(海堂 康用叔)
제주자치도 신산리 출생. 제17회 찬불가요 가사 공모 당선(찬불가 부분),
조계종 창작 합창곡 가사 및 연등회 가사 공모 당선
한국음악저작권협회 회원, 한국불교청소년문화진흥원 이사
격월간 문예비전 시 신인상 등단
한국문예학술저작권협회, 한국문인협회 시분과 회원
제13회 대한민국 환경창조 경영대상 문화부분 수상(2015년)

섬 마을 외

고 광 자

숲 속 달개비는
남색 옷을 입고
쫑긋 쫑긋 예쁜 입술로
노래 불러요.

내 발자국에 놀란
바닷게들이
피하느라 분주합니다.

수많은 눈들이 서로
바라보고 있는 섬 마을
순비기꽃, 반딧불, 꽃멸치, 통통배
모두모두 내 친구지요.

한림 항에서 배를 타고 15분
바다 위에 솟은 천년의 섬
비양도에서 나는 살고 있지요.

해바라기

제일 먼저 핀 해바라기 엄마
나중에 핀 해바라기는 언니
조그만 해바라기 나는 막내

어디서 날아 왔는지
작은 우리에겐 작은 벌이
엄마 아빠 꽃에는 왕벌들이

점점 허리 굽은 할머니랑
돌담 안에 핀 해바라기 가족

나는 아직 어려서 작은 꽃잎
자주 와서 뽀뽀하는 작은 벌들
우리 집 주인은 동시인 아줌마.

해심 고광자(海深 高光子)
제주시 출생. 제주한림문학회 회장, 한국문인협회 마포지부 회장 역임, 한
국공무원문인협회 회장 역임, 국제펜클럽한국본부 이사, 한국아동문학회
서울지회장, 한국여성문학회 이사, 제주문인협회 부회장, 아동문학연구회
평론분과위원장, 현대시인협회 발전위원회 위원장
공무원문학상, 한국아동문학창작상, 영랑문학상, 제주문학상 수상 외
시집 『천륜의 바다』 외 12권.
동시집 『달님과 은행나무』, 『밤하늘에 걸린 바나나』 외 2권

꽃방석 외

공 현 혜

해 뜨거워 싫은데
할머니는 오늘도
탑돌이 뱅뱅 돈다

얼음 물 들고
그늘에 앉아 있어도
땀이 줄줄 흐르는데

대웅전 앞 계단
할머니 앉았던 자리에
땀에 젖은 연꽃이 피었다.

아기 할아버지

우리 집 뒷산엔
아기 할아버지 살아요

아기처럼 웃고
아기처럼 논다고
그렇게 불러도 좋대요.

일요일에 놀러 가면
'친구 왔냐?'
과자 나눠 먹기 하구요

개구리 잠자리 귀뚜라미
어떤 때는 거미도
함께 살고 있어요

그런데, 참 이상한 것은
아기 할아버지 목탁 소리는
하늘도 땅도 모두 편안해 보여요.

생일 케이크

살금살금 걸어야 해요
나무 바닥이 삐걱삐걱
고자질하면 들켜요

한 번에 살짝 올려야 해요
재단 위에서 부스럭거리다
보살 할머니 눈뜨면 들켜요

오늘은 엄마 생일
하늘나라엔 케이크가 없으니
부처님께 배달 부탁해야 해요.

다임 공현혜(多稔 公賢惠)
1965년 경남 통영 출생. 현대시문학추천등단. 서정문학등단. 작가시선
동시 등단
한국문인협회, 서정문학연구위원, 경북문협, 경주문협, 통영문협회원
경남아동문학회, 한국불교아동문학회, 시산문작가회, 서정문학회회원
마중물.행단.육부촌 동인. 시집 『세상 읽어주기』 외 공저 다수

자연이 주는 가을 외

권 대 자

파란 하늘 높고
바람 부는 들판에는
황금물결 춤추고
산자락은
크레파스 칠한
도화지네.

은빛 억새가
손짓하면
서산에 노을이
수줍은 양
얼굴을 붉히고

코스모스는
가을이 좋아
하하하 호호호
그 고운 입을
다물지 않네.

구슬 빗방울

비오는 날
연밭은
톡 톡 톡
은구슬 치는 날
파아란 연잎마다
또르르 또르르
굴러 굴러
자꾸자꾸 모인다.

비오는 날
연 밭은
톡 톡 톡
은구슬로 부자 되는 날
분홍연지의 연꽃은
생글 생글
소리 없이
활짝 웃는다.

꿈을 꾸는 꽃씨

꽃씨는
꿈속에서도
벌 나비와 함께 노는
꿈을 꾸어요.

작은 꽃씨는
향기를 만들고
방긋 방긋 웃는
꿈을 가꾸어요.

대각화 권대자(大覺華 權代子)
대구문인협회 등단(2002). 대구문학전시 8회. 문학예술 신인상 수상
(2006). 영남아동문학상 수상(2009). 대구예술상 문학부문 수상(2011).
한국아동문학연구회 창작문학상수상(2014)
저서 환경동시집『세상은 자연』(2002),『풀꽃 사랑』(2004),『구슬빗방울』
(2007),『손뼉 치는 바다』(2009),『자연이 주는 이야기』(2014), 대구세계
육상선수권대회기념 시모음집(2011)발간.
현)영남아동문학회 부회장. 한국아동문학연구회 부회장

보살 미소 외

권 영 주

아빠와 함께 수리산에 오르다.
나무 풀 우거진 그늘 골짝 오르막 올라
저만큼 하늘이 트이고 상연사 나타나다

입구에 8각정 북 카페, 책들이 낮잠 자고
아빠가 한 놈 깨워 잠시 같이 놀더니
어느새 책은 아빠 가슴에 엎드려 졸고
아빠도 마룻바닥에 네 활개 펴고 단잠 들다
검게 여윈 얼굴 아기처럼 순하다

관세음보살, 관세음보살 아련히 들리는 염불소리
꿈속에서 관세음보살을 만나는가
아빠, 빙그레 보살 미소 짓고 있다.

그냥 친구

우산 쓰고 학교 가는데
빗방울이 똑똑똑
사근사근 말 건다.

"양치질 했어?" "대강"
"아침 밥 먹었어?" "아니"
"왜?" "그냥"

나도 묻는다.
"어디서 오니?" "구름"
"얼마나 머니?" "몰라"
"어떻게 왔니?" "그냥"

우리는 그냥 친구.
친구, 길동무 반갑다
"또닥또닥"
"소곤소곤"

까르르 까르르

까르르 까르르
아기가 웃는다
엄마´아빠
하하 허허

지구 배꼽 잡고
빙글빙글
해님 벙글벙글
별들도 서로 쳐다보며
벙긋벙긋

꽃 피고
새 노래한다.

정장화 권영주(淨藏華 權泳珠)
2009년 2월 월간 「한비문학」 동시 등단. 동시집 『발맞추어 둥둥둥』
한국한비문학회 동시분과회장, 한국동시문학회 회원, 한국불교아동문학
회 사무국장

빗방울 살려 외

권 오 삼

어이쿠! 야단났네!
어! 어어! 어어!
솔잎 가파른 길을 정신없이 쭈르르
미끄러지던 빗방울
앗! 낭떠러지다!
빗방울 살려!
솔잎 끝에 대롱대롱―

* 작년에 발표한 것을 개작

도둑 아저씨

그는 도둑, 오늘도
남의 것을 슬쩍하러 다닙니다.

수수꽃다리 꽃향기
슬쩍하려고 코를 벌름거려 봅니다.
음, 훔칠만하군

풀잎을 잘라 맡아 봅니다
비릿한 내음
음, 이건 훔칠 게 못 돼

빵집 앞을 지납니다.
솔솔 풍기는 고소달콤한 내음
음, 이건 훔칠만하군

밤에는 별도 몇 개 슬쩍해서
눈 속에 숨깁니다.

그는 훔치는 걸 좋아하는
도둑 아저씨, 그런데도
사람들은 그를 도둑이라 하지 않고
시인이라 합니다.

왼손 오른손

둘이 꼬옥 껴안고 깍지 끼면 손깍지
못 박을 때 왼손은 잡아주고 오른손은 망치질
무거운 짐 들 땐 서로 번갈아 들기
추울 땐 마주 보고 몸 비벼 따뜻
분한 일 당하면 함께 주먹 쥐고 부르르
축하해 줄 때도 함께 짝짝
사랑해 하트도 함께 만들기
기도할 때나 잘못을 빌 때나 함께 하는 마음
언제나 서로 내 몸처럼
씻겨주고 닦아주고 어루만져주고 껴안아주고
감싸주고 손톱 깎아주는 왼손 오른손
한 날 한 시에 태어난 일란성 쌍둥이

남호 권오삼(南湖 權五三)
1943년 경북 봉화에서 태어나 안동에서 자랐으며 1975년 월간문학신인
상과 1976년 소년중앙문학상 당선으로 문단에 나왔음. 방정환문학상과
권정생문학상을 받았으며, 동시집으로 『물도 꿈을 꾼다』 『고양이가 내
뱃속에서』 『도토리나무가 부르는 슬픈 노래』 『똥 찾아가세요』 『진짜랑
께』 『라면 맛있게 먹는 법』 등이 있다.

다행과 안 다행 외

김 규 학

자전거 타다 떨어져
왼쪽 팔이 부러졌다.

부서진 뼛조각을 맞추는
수술을 하고
병실에 앉아 있는데

―이만하길 다행이다
　다리 다쳤으면
　꼼짝없이 누워 지내얄 텐데……
―머리 안 다쳤으니
　천만다행이다.
　머리 다쳤으면 어떡할 뻔 했니?
―왼팔이니까 그나마 다행이지
　글씨 쓰고 밥 먹고
　오른손이었으면 얼마나 불편하겠어!

들락거리는 사람들마다
다행, 다행
다행 타령을 한다.

나는 하나도
안 다행인데……

벌통을 내려놓으면서

─이젠, 우리 마을에서
  내가 제일 부자다!
─왜요?

─나만큼 일꾼 많은 사람 있으면
  나와 보라 그래.
  얘들이 나한테 밥을 달라 하겠나,
  월급을 달라 하겠나,
  공휴일도 없이
  눈만 뜨면 일하러 나갈 텐데…….

양봉 2통을 분양받은 아빠
큰소리 뺑뺑 친다.

유모차 주차장에서

경로당
앞마당은
유모차 주차장

오늘은 두 대뿐이다.
다른 날은
다섯 대가 나란히 서서
해가 지기를 기다렸는데…….

세 대는 분명
읍내 보건소에
갔을 거다,

할머니들 모시고
삐거덕거리며.

덕수 김규학(德水 金奎學)
1959년 경북 안동 출생
2010년 천강문학상 수상
2011년 불교문학상 수상
2012년 문화예술위원회 창작 지원금을 받아(2009년) 동시집 『털실뭉치』
펴냄

소곤소곤 외

김 기 리

"재들이 우리 울타리니
 잘 키웁시다."
엄마아빠 소곤소곤

"무슨 뜻일까?
 동생과 내가
 엄마아빠 울타리라고?"

"어른들은
 어려운 말을 잘 하신다니까……
 그럼, 엄마아빠 소원 이루어 드려야겠네!"

"그치?"
동생과 나는
이쪽에서 소곤소곤.

코스모스야

너 벌써 피었어?
땡볕을 어떻게 견디려고……

엄마 말씀 귓등으로 들었구나
키도 덜 자랐는데 꽃부터 피웠어?

산들바람 따라 한들한들
화르르 웃는 가을꽃이야! 너.

뜨거운 바람 앞에 꽃잎 활짝
열지도 못하고

내리쏟는 불볕 땜에
눈 한 번 크게 뜨지도 못하고

고개 떨어뜨리고 혼자 서 있다

꽃과 마음

마음이 사랑으로
가득 찬 사람에게는

귀하고 예쁜 꽃으로
가슴을 파고드는데

마음이 미움으로
가득 찬 사람에게는

미운 꽃으로
아른거리는 거래.

대법륜 김기리(大法輪 金起里)
전남 구례 출생. 아동문예 동시. 불교문예 시 당선. 동시집으로 『보름달
된 주머니』 시집으로 『오래된 우물』 『내안의 바람』 『나무사원』. 제12회
광주전남 아동문학인상 수상함.

햇살 털기 외

김 동 역

참깨 농사를 지으시는
아버지와 함께
뙤약볕 아래서
햇살을 텁니다.

밭머리에 세워서
바짝 말린 깻단
거꾸로 들고
막대로 두드리면

꼬투리 속
하얀 속살
톡톡 튀어 나옵니다.

좌르르좌르르
잘 여문 햇살 알갱이
마구 쏟아집니다.

깔자리 수북이 쌓인
햇살더미
보기만 하여도 고소합니다.

동시 33

이를 어떡해

고추 농사를 지으시는
아버지
병충해와 전쟁이다.

모자 쓰고
마스크 하고
선글라스 끼고

뙤약볕 아래
장화 신고
동력분무기 메고 나면

영락없는
무장 군인
정말 무섭다.

살충제, 살균제
무차별 공격
이를 어떡해.

연못 속 법당

연못은
개구리들의 법당

물 위에 연등 달고
밤늦도록
예불을 올린다.

개골개골 개골개골
개골개골개골개골개골

곧추선
연꽃 봉오리는
합장하는 동자승

상락 김동억(常樂 金東億)

1985년 『아동문예』 신인문학상 당선. 아동문학소백동인회장, 봉화문학
회장, 문협영주지부장, 경북글짓기연구회장 역임.
경상북도문학상, 영남아동문학상, 대한아동문학상, 아동문학의 날 본상
수상.
동시집 『해마다 이맘때면』, 『하늘을 쓰는 빗자루』, 『정말 미안해』 등

누워있는 부처님 외

김 옥 애

아이들이 운주사로 소풍 왔어요.
누워 있는 부처님의
다리도 만져보고
어깨도 도닥이며 정답게 속삭여요.
부처님 일어나 보셔요.
부처님, 일어나서 운동 좀 하셔요.
끄덕도 하지 않은 부처님은
아직도
캄캄한 밤 인줄 아시나 봐요.

옥천사

밤이 되면
파름한 불빛 새어나와요.
소나무 숲 사이로
흘러나온 옥천사의 그 불빛은
목탁 두드리는 소리와 어울려
행복을 나눠 준 도깨비불로 바뀌어져요.

집

들어 갈 수 없어요.
작년에 살았던 곳인데
동생들과 살았던 우리 집이었는데
참새들이 자기 집이라며 버티고 있어요.
참새가 못 들어가게 텃새를 부려요.
부처님!
내 날개를 잡고 집으로 함께 가 주세요.
부처님!
여름이 지나 다시 강남으로 가는 날까지 제비를 지켜주세요.

관음행 김옥애(觀音行 金玉愛)
전남 강진에서 태어나 1975년 전남일보 신춘문예 동화와 1979년 서울 신문 신춘문예동화가 당선 되었습니다. 한국아동문학상, 한국불교아동문학상 아르코 문학창작 기금 등을 수상했습니다. 장편동화 『들 고양이 노이』 『별이 된 도깨비 누나』 『엄마의 나라』 『그래도 넌 보물이야』 등이 있으며 그림동화 『흰 민들레 소식』 동시집 『네 옆에 있는 말』 등이 있습니다.

돈의 말 외

김 종 영

달가당달가당 저금한 돈
와르르 쏟아 친구 돕기에 쓰면
돈이 반짝반짝 웃으며
또 만나잡니다.

꼬깃꼬깃 심부름한 돈
몰래몰래 꺼내 게임방에서 쓰면
돈이 벌컥벌컥 화내며
다신 만나지 말재요

과줄·2

과줄을 먹는다.

바싹바싹
쫄깃쫄깃
폭신폭신

내 몸은 혀가 되어
맛 나들이를 떠나고
내 마음은 소라귀 되어
맛 소리에 빠지고

알록달록
향긋향긋
달콤달콤

과줄과 내 연주를 맛본다.
우리 문화의 멋을 즐긴다.

기대기

나무는 산에 기대고,
바다는 땅에 기대고.

엄마는 아빠께 기대고,
우리는 부모님께 기대고.

우리들 모두는 지구에 기대고,
지구는 해 달에 기대고.

기댐은
서로의 꿈이 자람이다.
서로의 아름다움이 꽃핌이다.

해운 김종영(海雲 金鍾榮)
1947년 속초에서 태어나 자람. 1973년《조선일보 신춘문예》동시 '아침'
당선. 한정동 아동문학상 외 다수 수상. 동시집 9권, 동화집 2권, 즉흥동요
집 8권 펴냄. 초·중 국어·음악 교과서 동시, 동요곡(작사) 다수 수록됨
솔바람동요문학회 회장

앵두가 열리면 외

민 금 순

앵두나무 옆
맑은 물 받아 놓은
돌확 속에도

연분홍 앵두꽃이
피었어요

새들이 날아와
물도 마시고
수다를 떠는
쉼터에

빨간 앵두가 열리면

'아차차!'
새들이
물속으로 풍덩
뛰어들지도 몰라요

칭찬 도장

선생님! 선생님!
나 잘 그렸지요?

그래!
예쁘게 잘 그렸구나!

선생님! 선생님!
나 색칠도 잘하지요?

와!
색칠도 참 잘하는구나!

칭찬이 고픈
내 짝 석무가

선생님! 선생님!
부를 때마다

칭찬 도장 한 개씩
늘어난다.

미소 천사

친구들이 놀려도
친구들이 따돌려도
마냥 웃는 내 짝

친구들에게
하고 싶은 말
혼자서 중얼거리며
방글거린다

친구들과 눈만
마주쳐도
좋아라고 싱긋 웃는다

남을 미워할 줄도
화낼 줄도 모르는
웃음꽃 만발한
미소 천사다

선도향 민금순(善道香 閔禁順)
1997년 문학춘추 '시' 등단, 2001 문학세계 '동시' 등단.
화순문인협회, 한국문인협회, 한국아동문학인협회 회원.
전남문인협회 편집위원, 문학춘추작가회 이사, 전남여류문학회 부회장.
동시집 『낙엽이 아플까 봐』, 『씨앗을 심을 때』.

딱새 외

박 방 희

딱새도 딱하여라, 목탁 속에 둥지라니

스님도 마찬가지, 딱새 둥지 쳐보려니

법당 안 부처님만 빙그레

목탁 대신 딱새 소리!

징검돌

하나
둘
셋
넷
⋮

가부좌
틀고 앉아

아무나
징검징검
밟으며 오고 가도
묵묵히
머리를 내미는
저 물속의 부처님.

꽃밥 담는 감나무

늙은 감나무 아래 바둑이 빈 밥그릇

해거리 해본 감나무

눈망울 슴벅이며
하나, 둘, 감꽃을 지워

꽃밥을 담습니다.

* 해거리 : 과실나무가 해를 걸러 열매 맺는 일.

장산 박방희(長山 朴邦熙)
1985년부터 무크지 『일꾼의 땅』과 『민의』, 『실천문학』 등에 시를 발표하며 등단. 2001년 『아동문학평론』에 동화, 『아동문예』에 동시 당선. 동시집 『참새의 한자 공부』, 『머릿속에 사는 생쥐』, 『참 좋은 풍경』, 『우리 집은 왕국』, 『날아오르는 발자국』, 『바다를 끌고 온 정어리』, 『하느님은 힘이 세다』, 우화동시집 『가장 좋은 일은 누가 할까요?』, 『박방희 동시선집』 등이 있다.

오대산 가는 길·2

첫눈 내린 후

밝은 달 떠오르니
절 도량 하얀 뜰인가

찬 이슬에 꽃들은 지고

흰 구름 흘러가는
저 높은 하늘에

고향 찾아
기러기 떼 날아가고
바람도 쉬어가는
골 깊은 암자에서

스님은
아무도 벗하지 않고

산이 좋아
물도 좋아

말없이
혼자 살고 있다네.

초연 박용열(超然 朴容說)
함북청진에서 낳아 청진의학전문학교졸업. 52년 화랑무공훈장 받음
탄허스님을 은사로 67년까지 승려생활
67이후 강원도 산간벽지에서 의원개원
59년 경향신문신춘문예로 등단
현재 한국불교청소년문화진흥원 총재

지구의 눈 외

박 지 현

"지구에도 눈이 달렸을까"
"달렸지요"
궤도를 이탈하지 않은
정확한 눈

보폭을 지켜나가는
365일 세심한 눈

낮을 돌고
밤을 지나고

그러다가
그러다가
활짝 핀 꽃 봄을 만나고
버들잎 푸른 여름을 지나서
빨간 단풍잎 가을을 스쳐
환한 하얀 눈 겨울을 만나는

샛말갛게 둥글둥글
푸른 지구의 눈.

하늘의 마음

우중충 구름 한낱 없이 걸러내고
아주 말끔히 걸러내노라면

저렇게
온통 파랗게 되나보다

속 깊고 그 넓은 마음씨도
함께 드러나게 되나보다.

그래서 그는
언제라도

목마른 그들에겐
빗방울을

우울한 그들에겐
눈 꽃송이를

아낌없이 내려 보내주게
되나보다.

계 단

한 계단
또 한 계단
짚고 올라가고 있다는 것을
발바닥은 압니다.

조심조심
오를 때마다
고마워
고마워
발바닥은 압니다.

땀 뻘뻘 흠뻑 젖어
드디어 꼭대기까지
올라오게 된 것에

내려다보이는 층층층
계단의 고마움을
발바닥은 압니다.

서곡 박지현(書谷 朴芝鉉)
1943년 부산 출생. 1974년 부산아동문학 2집에 추천으로 등단
1980년도 한국현대아동문인 협회 연간 집 추천으로 등단
2012년 5월 25일 이주홍문학 본상 아동문학부문 수상 외 5회
동시집 2010년 『아이들이 떠난 교실 안 풍경』 외 4권
현재 부산아동문학인 협회 고문
부산문인협회 이사, 한국문인협회 회원, 한국아동문학인 협회 자문위원

억만장자 외

반 인 자

글을 쓰려고 연필 잡으면
날개 없이도 우주를 돌면서

꽃이 되고
나무가 되고
나비나 새가 된다.

마음에 온갖
자연이 다 들어오는 보물 창고

금성도 가보고
토성, 화성도 가보는
호화로운 억만 장자다.

시인은 겉으로 가난해도
속으로 알짜 부자이기에

눈을 감아도 환히 보이는 고운 정경
귀를 막아도 선명하게 들리는 맑은 소리
입을 꽉 다물어도 아름답고 예쁜 노래가 된다.

고향이 다르지만

우리 교실에는
가나에서 온 얼굴이 까만 아이
남미에서 온 얼굴이 하얀 아이.

나팔꽃은 인도가 고향이고
접시꽃은 중국이 고향이고
봉숭아는 동남아시아지만

학교 꽃밭에서 정겹게 피고 지며
고향이 달라도 우리 꽃인 것처럼

까만 아이
하얀 아이
한 교실에서
고향이 다르지만
우리는 정겹게 사이좋은 친구다.

지혜꽃

할머니는 왜
얼굴에도 팔에도
거무팅팅한 점이 있어?

응, 그건
사람들이 검버섯이라
흉하다며 감추려 하지만
해와 달과 별이
하늘에서 마음 먹여주며
날마다 해마다 깨우쳐주는

머리 톡톡 두드리고
가슴 토닥토닥 거리며
나이가 피워내는 지혜꽃이란다.

연화심 반인자(蓮華心 潘仁子)
월간문학 동시 신인상(2004)
한국아동문학 창작상
수필집『아침무지개』, 동화집『꿈을 줍는 토기산』등

영어 공부하는 이유 외

백 두 현

과학자가 장래희망인 승호는 과학 공부가 좋지만 엄마는 영어공부를 열심히 해 의사가 되라셨다. 오늘도 100점짜리 과학성적표를 내세우며 게임하려는 승호에게 엄마는 60점짜리 영어성적표를 내보이며 영어책을 펴게 하셨다. 공부방으로 들어간 승호가 안방까지 들리도록 큰 소리로 영어책을 읽더니 작은 목소리로 혼잣말을 중얼거렸다.

"난 더 훌륭한 과학자가 되고 싶을 뿐이야…"

더 행복한 돼지는?

먹을 것이 부족한 멧돼지는 늘 배가 고프지만 사람에게 잡히지 않으면 계속 살 수 있고, 축사에 기르는 돼지는 항상 배부르지만 먹는 사료 가격보다 늘어나는 고기 가격이 적어지기 시작하면 바로 도축장으로 끌려간다.

흔 적

구름 쉬었다
간 자리

한 마리, 두 마리
세 마리

백로가 앉아 있다.

석교 백두현(石橋 白斗鉉)
자유문학 동시 등단. 선수필 신인문학상
중봉조헌문학상. 불교아동문학작가상.
수필집『삼백리 성못길』

마음의 등불

설 용 수

우리 마을 뒷산엔
작은 암자가 있지.
이름도 예쁜 금봉암이지.

금봉암 스님은
부처님 오신 날에도
연등을 달지 않지.

"스님,
 왜 등을 안 달아요?"
"촛불이라도 켤까요?"

그러면 스님은
조용히 말씀하시지.

"각자
 마음에 등불을 켜세요!"

용수행 설용수(龍樹行 薛龍水)
한양여자대학교 문예창작과 졸업. 건국대학교 대학원 상담심리 졸업. 동
시집『뿅망치 구구단』외 1권 출간. 동화집『눈사람아 춥겠다』외 여러 권
출간. 동극「교실귀신」외 여러 편 무대에 올림.

낯가림 외

신 이 림

호오오― 히오잇―
삐―삐이삐― 삐―삐
소리는 요란한데
새는 한 마리도 보이지 않는다.
낯선 사람들 앞에 나서기 부끄러워
나뭇잎 숲에 숨어버린 새들.
괜찮아. 나와서 인사해.
바람이 팔랑팔랑 새들을 불러내면
숨어있던 물총새, 휘파람새,
꽁지로 까닥까닥 인사한다.

이상한 일

축구하다 다리를 다쳐
기브스를 했지 뭐야.
절룩절룩 걸어가는데
참 이상하지?
왜 전에는 보이지 않던
다리 저는 사람이
자꾸 눈에 띌까?
다리를 다치기 전에는
보지 않았던 사람들,
아픈 다리가
내 눈도 바뀌놓았나 봐.

이런 날은

친구랑 싸우고
선생님한테 혼나고
엄마 잔소리 듣고
학원 버스 놓치고
생각할수록 울화통 터지고
생각할수록 서럽고.

덜컹덜컹 마음이 흔들려
마음멀미가 나는 날,
수도꼭지 잠그듯 생각문을
꼭,
잠글 수 있었으면.

광명심 신이림(光明心 辛易臨)
1996년 서울신문 신춘문예 동화 당선.
2011년 '황금펜아동문학상' 동시 당선.
동화집 『염소배내기』 외, 동시집 『발가락들이 먼저』

사과 반 쪽 외

신 지 영

하얀 사과 속
까만 씨앗 두개
서로 마주앉아있다.

둘만 사는 아빠와 딸처럼
서로 바라보고 있다.

작은 방도 사과도
둘만으로 가득 찼다.

달라서

비는 흐르고
눈은 쌓이네.

비는 투명하고
눈은 하얗네.

같은 곳에서 태어났어도 다르네.

언니는 크고
나는 작네.

언니는 다리가 길고
나는 발가락이 작네.

같은 엄마한테서 태어났어도 다르네.

엄마는 항상 이야기하네.
달라서 예쁘네.

길이 된 돌담

에그— 난 꽉꽉 막힌 시멘트벽은 싫다
나야 담이 필요해서 쌓았지만
벌레들은 무슨 죄가 있어서 긴 담을 매일 둘러 다니냐

할머니네 구멍 숭숭 돌담은
할머니한테는 담이지만
개미들한테는 길도 된다.

보리심 신지영(普提心 申智永)
푸른 문학상 '새로운 작가상', '새로운 평론가상', '창비 좋은 어린이책'
등을 받았다. 동시집 『지구영웅 페트병의 달인』, 청소년 시집 『넌 아직 몰
라도 돼』, 동화집 『안믿음 쿠폰』, 장편동화 『짜구 할매 손녀가 왔다』, 『퍼
펙트 아이돌 클럽』, 청소년 소설집 『프렌즈』 등이 있다.

날개 단 교실 외

통일이 되고부터
교실에 두 날개를 달았지.

50명 반동무
공부하는 교실이,
큰 독수리 날듯
날개를 젓기 시작했어.
"어? 교실이 공중에 뜬다!"
"비행기 탄 것관 기분이 다르네!"
반 동무들 눈이 휘둥그래졌지.

우리가 국어 공부하는 동안
마을을 몇 바퀴 돌고
뒷산을 넘네.

"선생님, 교실이 어딜 가고 있죠?"
"백두산 구경 가는 거다."
"야!"

산수 공부 그 동안
날개 단 교실은, 옛날 휴전선 넘고
연백들 지나, 함경산맥을 넘었지.

"보이지? 백두산!"
내려다보니
백두산이요, 천지네!
"와아아아아아!"

천지 가에 내려
교실은 날개를 쉬게 하고 우린
싸온 도시락을 먹었지.

백두산서 돌아온 건
5교시 끝날 시간이었어.

부처님 이메일

지난 유월 첫날
부처님으로부터 이메일이 왔다.
― 한국에 불교아동문학 모임이라니,
　　반갑구나!
　　본생경으로 동화를 쓰고 있다지?

착하구나, 그건
3천 년 전 내가 들려준 얘기다.
잘 써봐라.

나는 이메일로 답장을 보냈지.

― 고마워요 부처님.
　　그런데 부처님 주소가 어디죠?
　　곧 이메일이 왔지.

― 내 주소는 '네 곁' 이야.
　　너에게 복을 주려고
　　너를 바라보고 있는 걸.

부처님 기쁘시죠

— 법장사 《영산회상》지 300호에

마갈타 왕사성, 독수리봉 아래
천이백 오십인의 모임, 영산회상에서

부처님, 그 날의 조용한 법문이
서울 중랑구 배나뭇골 여기
법장사에까지 들립니다.

부처님 목소리를 받아 지니려
작은 종이 한 장을 폈지요,
우리 적은 모임도 '영산회상' 이지, 하며
이 작은 지면을 《영산회상》이라 하자, 하고.

부처님 말씀을 이 안에 그득 싣고
우리 큰스님 가르침을 그득 싣고
삼천 도반의 기쁜 소식을 그득그득 실어도

어린이 동자도반의 학습을 아기자기, 실어도
넘치잖는 우리 《영산회상》이
오늘 300호라는 이름을 짓습니다요. 이건

작지만 우리 도반 3천인의 기쁨이여요.
우리 신도회, 우리 거사회,
우리 청년회, 어린이회, 학생회, 불교학교가
꼭꼭 끌어안는 큰 기쁨이에요.

여기에 더 많은 가르침
더 많은 부처님 얘기
우리 외침을 담아서 우리《영산회상》이,
한국 불교언론의 큰 줄기가 된다면 어쩌죠?
그 때, 그 기쁨은 또 어쩌죠?

부처님, 우리는
힘모아 이룩한 약사전을 시작으로
서울 한복판 큰 도량으로
솟아날 불광사요, 그 도반이예요.

부처님 기쁘시죠?

선행 신현득(善行 申鉉得)
조선일보 신춘문예 가작 입선(1959)
동시집 『아기 눈』(1961), 『해적을 잡으러 우리도 간다』(2015) 등

다그치는 시계 외

우 점 임

알람 시계가
"어서어서 학교 가!"

핸드폰 시계가
"빨리빨리 학원 가!"

컴퓨터 시계가
"게임 좀 그만 해!"

엄마 대신 다그친다.
시계가 엄마다.

"시계 말 잘 들어라" 해놓고
엄만 일터 나갔다.

자장가

잠아잠아 조롱잠아
머리끝에 열린 잠아
눈썹 끝으로 내려와라

잠아잠아 대롱잠아
눈썹 끝에 매달린 잠아
속눈썹 끝에 앉아라

조롱잠아 대롱잠아
아기얼굴에 노는 잠아
아기 눈 속으로 쏙 들어가라

달달꿀잠 콜콜꿀잠
우리 아기 잠 재워라
자장자장 잠 재워라.

엄마 달

네 살 호림이는
어린이집 종일반에 다녀요

어린이집에서 오다가
조각달을 봤어요.

"선생님, 달이 깨졌어요."
"어머, 정말이네 어쩌다 깨어졌을까?"
"내가 안 깨트렸어요, 난 어젯밤에 잠만 잤어요."
"아, 구름이 지나가다 부딪혔나보다."

아빠와 사는 호림이
엄마달 깨졌다고 시무룩해요.

자은심 우점임(慈恩心 禹点任)
경남 함양. 2009년 〈오늘의 동시문학〉 등단. 단국아동문학동시부문 신인
상. 2012년 서울문화재단창작지원 수혜.
2013년 첫 동시집 『바람 리모콘』 발간. 2014년 제25회 경남아동문학상
수상. 『같은 생각 하나봐』 외 동인지 다수.

수행修行 외

유 한 준

강물이 흐르는 곳엔 다리가 있고
사람이 사는 곳엔 세파世波가 있는데.
사바娑婆가 고해苦海라면
가르치는 선장이 있다.

속세엔 지도가 있고
깨달음으로 가는 길엔 가르침이 있고.

사바로 가는 길엔 지도가 없지만
그 길을 관조하면 고해를 건널 지혜 얻고
수행을 정진하면 고집멸도 소멸하는데
그 힘으로 회향하여 가없는 복덕 누리리.

만족을 느낄 줄 아는 마음엔
평안이 있고 건강이 자라서
소중한 신뢰화합 가득하여
인연 세상에 정토의 빛 밝히리.

마음 닦아 깨달음 얻고
신神보다 사람을 더 받들면
영원한 해탈에 들리.

인생의 인연因緣

노오란 맨살 부끄럼 없이
홀딱 벗은 들국화
가을 하늘이 너를 품어주고.

너랑 나랑 지난날 못다 한 사연
감미로운 추억으로 묻어놓고,
이제사 하염없이 그리워하는 지나간 추억
지금은 멀어진 옛 얘기,

마음 눈 크게 뜨고 보아도 없고
가슴으로 더듬어도
잡히지 않는 가버린 추억.

너랑 나랑 뿌려놓은 옛 얘기들을
다시 줍고 싶어 낙엽 밟으며 걷는 길.
인연의 질긴 고리 주워보는
가을 달밤 초승달만 살포시 미소 짓네.

그리워 못 잊는
너랑 나랑 옛 얘기들
낙엽 따라 소록소록 가슴을 파고드네.

기도의 지혜

기도는 오늘을 위한 소망보다는
내일을 향한 염원이어라.

나만을 위한 기도에서
타인을 위한 기도로 신행의 폭을 넓히면
모두가 행복을 누리리.

기도는 평안함의 추구가 아니라
고난을 극복하려는 지혜를 얻고자 함이니
불보살 명호를 부르며
내 안으로 맞으려는 것이어라.

기도의 참뜻은
내 안에 불보살을 드리는 것,
기도의 힘은 마음의 심지를
굳건하게 다짐하는 것,

기도의 지혜는
역경 난해에 흔들림 없기를 기원 드리는 것,
기도는 마음을 닦는 일

그 길은 불보살의 가피력을 얻는 길
신행信行의 노력인데

오늘 마음을 비우고
수행정진 기도드리면
내일 축복의 날 맞으려니.

통계 通戒

착한 일 본받고 나쁜 짓 멀리하면
그 마음 명경지수라
제악막작 중선봉행諸惡莫作 衆善奉行
자정기의 시제불교自淨基意 是諸佛教

칠불통계七佛通戒 게송偈頌
이 거룩한 가르침 고해苦海를 건너
사바로 가는 길이어라.

나 아닌 남을 믿는다는 건
마음을 주는 일,
마음은 무엇이고 왜 믿어야 하는가?
믿음은 미련 없이 믿고 바치는 것
열반사덕涅槃四德 깊은 가르침은
상락아정常樂我淨인데,

영원한 삶 무상의 행복
무한한 자유 밝고 청정한 일상이 아닌가.

가없는 경장經藏 지엄한 율장律藏
해박한 논장論藏 그 깊은 뿌리에서
수많은 가지 뻗고 꽃이 피어나리.

법고 소리

법고法鼓를 보아라!
빛나는 둥근 북 텅 빈 공간
그 속에서 우렁찬 소리를 토한다.

그대들이여!
소리의 본체는 울림인데,
어찌하여 이 소리는 듣고
형체 없는 저 소리는 못 듣는가?
법고는 법法 전하는 북,
텅 빈 공간에서 울려나오는
거룩한 생명의 소리!

양면을 에워싼 암소와 수컷의
팽팽한 쇠가죽이 마주쳐 울리면서
법의 소리 생명의 소리를 낸다.

우렁찬 소리가 세간에 퍼지면
불법佛法의 진리를
중생의 가슴마다 울려주리.

일심一心으로 불성佛性 깨우치는
큰 뜻을 내는 법고,
경기를 하고 있는 선수들
북소리 들으면 힘 솟아오르듯
무명無明에 닫힌 마음 열어주는 법고소리,

마군을 쫓아내고 번뇌를 물리치고
해탈을 이루게 하는 법고소리
그 소리 따라 마음이 울리면
가슴이 울리리라.

지암 유한준(志岩 俞漢俊)
現 아동문학가, 시인, 저술가, 대한언론인회 편집위원
前 조선일보 정년, 종교뉴스신문 편집주간
시집 『불심의 노래』, 시조집 『시정산고』
기타 저서 『한국사』, 『한국의 IT천재들』 외 150여권.

나는 형이니까 외

윤 이 현

그 날
주룩주룩 비 내리던 수요일 아침
제일 좋은 빨강우산을
네가 먼저 들고 가버린 뒤

미워 미워 미워
문자를 넣고 싶었는데도
참고 참고 참았단다.

언제나 형이 양보하고
형이 참는 거라던
할아버지 말씀이 자꾸만 떠올라서
꾹 꾹 참았단다.

나는 형이니까!

꽃

너는
언제나 환한 웃음

꽃을 따라 웃고
꽃처럼 웃고

나도
한 송이
꽃이고 싶어.

고현 윤이현(高賢 尹伊鉉)
월간 『아동문예』로 등단(1976). 한국불교아동문학상, 한국아동문학작가
상, 대한민국동요대상(노랫말부문) 등을 수상함. 동시집 『꽃집에 가면』
외 9권, 동화집 『다람쥐동산』 외 4권, 『윤이현 동시선집』 등을 펴냄.
초등학교 교장으로 정년퇴임, 현 한국문인협회자문위원, 한국아동문학
회지도위원, 전북완주문인협회지부장

연꽃 외

이 동 배

아침이면
하늘 향해
커다란 손 활짝 펴요

햇빛 가득 받고 싶어
바람 가득 싣고 싶어

밤에도
커다란 손
하늘 향해 활짝 펴요.

달빛 가득 받고 싶어
별빛 가득 받고 싶어

연잎 손에 가득한
햇빛, 바람, 달빛, 별빛

연잎은 손이 커서
받은 것이 너무 많아
햇빛, 바람
달빛, 별빛
나눌 것도 많아요.

봄날의 어린 스님

깊은 산 속, 작은 절
어린 스님은
산 길 혼자 걸으며
눈물지어요.

시냇물은 녹아서 졸졸 흘러가고
아지랑이 사알살 피어오르고
봄꽃은 방긋방긋 피어나는데

마음 깊이 묻어둔
그리움 풀 길 없어
산 길 혼자 걸으며
눈물지어요.

우지마라
우지마라
우지마라
산새들 따라가며
달래줍니다.

죽비 소리

큰 스님 높은 말씀
이런 말씀, 저런 말씀

어린 스님 졸려서
고개를 꾸벅 꾸벅

탁 하는
죽비* 소리
어린 스님 깜짝 놀라
방바닥에 머리 찧네.

큰 스님 높은 말씀
이런 말씀 저런 말씀

어린 스님 졸려서
또 다시 꿈나라로

탁 하는 죽비 소리
어린 스님 깜짝 놀라
뒤로 벌렁 넘어지네.

하하하
큰 스님 어이없어
웃음만 터트리네.

* 죽비 : 두 개의 대쪽을 맞추어 만든 불교에서 쓰는 도구. 승려가 손바닥을 쳐 소리를 내어 시
작과 끝을 알리는 데 씀.

청심 이동배(淸心 李東培)
계간 현대시조 신인상, 아동문예문학상, 경남아동문학상, 섬진시조문학
회장, 진주시조시인협회 회장, 경남시조시인협회 부회장, 경남아동문학
회 부회장, 한국불교문인협회 회원, 시조집『합천호 맑은 물에 얼굴 씻는
달을 보게』3인 사화집, 월간문학사 2004.『흔적』도서출판 고요아침
2013,『밟으면 꿈틀한다』도서출판 경남 2016, 동시집『돌멩이야 고마워』
아동문예 2015. 전 김해삼성초등학교장

복숭아의 우정 외

이 성 자

실패하지 말아야 할 텐데…
올해는 값을 잘 받아야 할 텐데…

복숭아는 날마다 기도했어

몇 년 전 귀농해서
복숭아농장 운영하는
화가, 김씨 아저씨를 위해서

뙤약볕 견뎌내고
탄저병 이겨내고
깍지벌레도 물리치고

아저씨 주먹보다 더 큰
달고 맛있는 복숭아 되었지.

혼잣말·2

나는 벌써 몇 년 째
책장에 꽂힌 그대로야

좀이 쳐들어오지 않도록
관리한다는 게
정말 쉬운 일은 아니지

저 녀석 좀 봐!

모르는 낱말이 나오자
날름 휴대폰으로 찾네.

좋아, 국어사전이라는
자긍심 하나로
끝까지 꽂혀있을 테니까.

두리번두리번

저녁 내내
민이 콧구멍 속을
들락날락

민이 코가
에취에취

신바람이 난 감기
또 누구한테 가볼까?

하루 종일
두리번두리번

평등행 이성자(平等行 李成子)
전남 영광출생(1949). 아동문학평론신인상(1992)과 동아일보신춘문예
(1996)에 당선되었으며 방정환문학상 등을 수상. 지은 책으로는 『너도 알
거야』, 『키다리가 되었다가 난쟁이가 되었다가』, 『입안이 근질근질』, 『내
친구 용환이삼촌』, 『손가락 체온계』, 『넌 멋쟁이야』 등이 있음. 현재 광주
교육대학교와 동 대학원 출강.

학교 앞 신호등 외

학교 앞 신호등이
동그란 눈 크게 뜨고
지켜보고 있다.

빨간 눈 크게 뜨고
"기다려!"
"차조심해라."

초록 눈 크게 뜨고
"이쪽저쪽 살피고……"
"조심조심 건너라."

학교 앞 신호등은
엄마 마음이겠다.
아빠 마음이겠다.
선생님 마음이겠다.

음식디미방

어릴 적부터
음식 만들기가 좋았던
할머니

부족한 재료도
푸짐한 음식으로 만들어 내신
마법 같던 할머니 손

도토리나무를 심어
온 마을 사람들을
배부르게 먹게 해준 할머니

배고픈 사람들을
배부르게 해 줄 일을
자나 깨나 걱정하시고
가난한 사람들과
나누어 먹는 것을
제일 좋아하신 할머니

공들여 만든 음식 맛은
하인들에게 물어
가문 따라 다른 입맛도 알아내시고
사람들이 맛있게 먹을 때
제일 기뻐하신 할머니

그 할머니, 장씨 할머니는
후손들을 위해
침침한 노년의 눈으로
애써 조리법을 기록하여
소중한 음식디미방을 남기셨대요.

* 음식디미방 : 1670년(현종11년)경 정부인 안동 장씨(장계향)가 쓴 조리서

지장행 이승민(地藏行 李承珉)
아동문학연구신인상(1991), 창주문학상(1994), 한국아동문학창작상
(2009), 동시집『물소리 바람소리』,『기차를 따라오는 반달』등.

착한 어린이 외

이 창 규

욕심 부리고
성 내어 트집 잡은
행동을
참회합니다.

배운 지혜
좋은 사람 되고 싶어
참회합니다.

가는 말 곱게
실천하는 옳은 생각
참회합니다.

진실한 불자
동자승 되어 잘못한 일
참회합니다.

참 좋겠다

거북은
자유롭게 용왕 만나
용궁 이야기
재미 있겠다.

새들은
하늘 꼭대기 자유롭게
날 수 있어 좋겠다.

씨앗은
파릇파릇 새싹 두 잎
만세 불러 좋겠다.

동자승
새로운 부처님 말씀
참회되어 좋겠다.

마음시계

예불 올리는 시간
부처님 말씀
마음 맞춘다.

여유 생기는 만큼
행복 시간 길어지고
기도 머문다.

합장하는 마음
귀의하는
시계가 머리 숙여
참회하는
마음 시간이다.

우봉 이창규(牛峰 李昌圭)
한국아동문학인협회, 한국동시문학회 이사(역)
동시집, 『열두 달 크는 나무』, 동화집 『종민이의 푸른 꿈』, 『이창규 동시
선집』, 수필집 『바람이 남긴 말』, 『내 안의 행복』 등 모두 39권이 있음.
한국아동문학상, 한국PEN문학상, 한정동 아동문학상, 경남도문화상, 경
남 예술인상, 천등아동문학상, 황조근정훈장, 한국교육자대상, 경남 교육
상, 국민포장과 포장증 수상.
현재 한국문협 자문위원, 국제PEN한국본부 자문위원, 한국불교아동문학
회장, 창원대학교 유아교육 보육교사 과정 초빙(외래) 교수.

다른 이름

장 승 련

농사 일로
집안 일로

흙 묻은 날이 많았던 손
물 젖은 날이 많았던 손

부처님 앞에
정성으로 두 손을 모았다.

"제 마음을 비우게 해주세요.
모든 잘못은 제게 있습니다."

손을 모으고 또 모을 때마다
연꽃이 생겨나고

절하고 또 절할 때마다
돌탑이 올라간다.

낳고 기르는 데 정성
기도하는 데 정성

정성은 어머니의
다른 이름이다.

추자도

추자섬 초임시절
잠자리에 들면

따르르르
따르르르

베개 밑까지 밀려오던
조약돌 소리

파도가 켜는
조약돌의 현마다

뭍으로 뭍으로
뒹굴다 뒹굴다

소리로 남은
아이들의 꿈들.

연화행 장승련(蓮花行 張勝蓮)
제주 애월 출생. 제주대학교 교육대학원 졸업(국어 교육 전공). 1988년
아동문예 동시작품상 당선으로 등단. 아동문예작가상 한정동아동문학
상, 한국아동문학상, 한국불교아동문학상 수상. 시집 『민들레 피는 길
은』, 『우산 속 둘이서』, 『바람의 맛』. 교과서 등재 : 초등학교 국어 4-1 산
문 등재. 교가 작사: 납읍교, 백록교, 월랑교 교가 작사 . 제주신보 〈제주
논단〉 집필위원. 현재 제주시 해안초등학교 교장

지지 않는 법 외

장 지 현

구부러지면
부러지지 않는다고

마침내
푸른 잎까지 틔운다고

보란 듯이 우뚝 섰구나
비바람 이겨 낸
나무야!

찰싹 김

내 손등에 김 붙었다.
찰싹

찬바람 쌩쌩 불어도
쉽게 떨어지지 않는다.

네가 호호 불어준
따스한 입김

마법의자

쌩쌩한 사람도
병든 닭처럼 꾸벅꾸벅 졸게 한다.
튼튼한 사람도
다리 아픈 사람으로 만든다.
지하철 의자엔 마법이 걸려있다.
단, 노약자 임산부가
앞에 섰을 때만
스르르 걸리는 마법

혹시 너도,
마법의자에 앉아본 적 있니?

선행심 장지현(善行心 張旨見)
2003년 월간 좋은엄마 동시공모전 1등 금상
2003년 문학세계, 2006년 오늘의 동시문학 신인상
2016년 수원문화재단 문학창작지원금 수혜

마음33 외

조 철 규

모양이 없는 구름은
하늘을 가고

본래가 없는 나는
땅 위를 간다.

마음34

산새, 비비새, 조롱이도

산을 차고 일어나

하늘을 난다.

마음35

산은 망가지고 깨어져도

나는 망가지고 깨어지지 않는다.

진우 조철규(眞愚 趙哲圭)
1980년 불교신문 신춘문예 당선. 시집『넉넉한 행복』외. 시조집『시간이
흐르는 소리』외. 수필집『나무가 생각하는 숲』외. 동화집『산골촌닭과
서울까치들』외. 전기집『바다를 닮은 대통령』외. 30여권 집필. 한국사
진대전 특선 및 개인사진전 12회 발표. 현재 한국국립공원진흥회. 한국
산서회 회원. 계간『계절산행』발행인 및 편집인. 시 전문지『둘레길시』
주간. 산행문학관 관장/ 참나마을 대표

봄을 여는 풍경소리 외

최 만 조

"댕그랑!"
"댕그랑!"
온산에는 봄이 왔는데
진달래야,
뭘 하고 있니?

앞산 뒷산이
파릇파릇 물들고 있잖니.
암자 오르는 산길에
봄바람이 살랑살랑
봄향기 깔고 있잖니,
진달래야
봄하늘
빨리 피워야지.

"뎅그렁!"
"뎅그렁!"

암자 숲에서 사는 산새

산사 숲속에
뎅그랑 댕그랑

목탁 소리
여울져 오면

쩍쩍 쩍 노래하던
산새들이
조용히 기도해요

똑똑똑 또르르
목탁 소리
들려오면
산새는
그 소리 듣느라
조용히 불심 담고 있다

불두화

일주문 입구 화단에 활짝 핀

탐스러운 불두화 꽃송이

할머니

저 커다란 꽃송이가

나를 보고 합장해요.

법당에 가면

목탁소리

마음속에

가득 담고

조용히 성불하라고

나를 보고

속삭이고 있어요.

갈뫼 최만조(갈뫼 崔萬祚)
〈아동문예〉 동시 등단(1977년) 〈부산시조〉 동시조 추천(2005년)
동시집 『농악 소리』, 『고향에 피는 진달래』 외 다수 펴냄
부산문학상, 한국동시문학상, 부산아동문학상, 영남아동문학상, 오륙도
문학상, 색동문화상 등 수상
부산아동문학인협회 고문, 부산문인협회 자문위원, 남강문학 운영위원,
부산문협부회장 역임

아름다운 가게 외

아름다운 마음들이 모여서 사는 이곳
따뜻한 마음들이 찬 곳을 데워주고
서로가 어깨 기대며
되살려 준답니다.

생각하면 환한 웃음 알뜰살뜰 착한 마음
온 세계 지구촌이 서로서로 나누면
따스한 햇살로 오는
둥그런 자비의 나라

외로움도 쓸쓸함도 부족함도 메워주는
웃음꽃 절로 피는 행복한 나라예요
서로를 챙기는 이웃
아름다운 가게지요.

우리 집 책장

아빠는 엄마보고 책 좀 치우래요
요즘은 인터넷에 찾으면 다 있다고
비좁은 방안 가득히 쌓아둘 필요 없다고요

벽면을 가득히 채운 책들이 안됐어요
비오는 날이면 책 냄새도 많이 나요
그래도 많은 책들이 좋은 친구이지요
바라보면 든든한 지킴이 우리 집 족보
눈과 손에 잡히는 이 책 저 책 보다보면
어느새 시간 갔는지 하루가 금방가요

닥종이 한지

천년을 간다는 닥나무 한지 종이
예전에는 어떻게 만들었나 궁금해
엄마께 여쭈어 보니
할아버지가 잘 아신대요
할아버지 할머니 온 동네 사람모여
닥나무를 베어서 삶고 껍질 벗겨
치대고 두드려 빨고
수없이 물에 헹궈
닥나무 흰 속살이 부드럽게 퍼져서
흰죽이 될 때 까지 삶고 또 삶아서
종이죽 얇게 떠서
말려서 만들었대요

정친장 하순희(正親藏 河順姬)
89시조문학천료, 90한국아동문학연구 동시조당선. 91경남신문, 92서울
신문 신춘문예시조 당선. 동시조집 『잘한다잘한다 정말』
시조집 『별 하나를 기다리며』, 『적멸을 꿈꾸며』.
경남시조문학상, 중앙시조 신인상, 경남문학 우수작품상, 경남아동문학
상. 성파시조문학상, 현대불교문학상 수상
한국문인협회 평생교육위원, 한국시조시인협회, 경남시조시인협회, 경
남문인협회, 경남아동문학회이사, 오늘의시조 부의장, 한국여류문학부
회장. 화중련火中蓮 편집장

동화·아동소설

곽종분 김상희 김영순 김종상 박선영 박춘희

반인자 손수자 양인숙 오해균 윤사월

이수경 이연수 이영호 임신행

전유선 정혜진 홍재숙

두더지마을의 부처님

곽 종 분

　두더지마을에 갓 시집장가 든 두더지 청년 부부가 살고 있었습니다. 이 청년 부부는 아들 둘을 낳아 훌륭하게 키우고 싶었습니다. 그래서 풍경소리가 들려오는 절을 향해 기도도 하고 밝은 달밤이면 달을 보고 소원을 빌었습니다. 그리고 아들의 이름도 지어 놨습니다. 큰아들의 이름은 니카, 작은아들의 이름은 하카. 일터에 나가서도 자기들이 지어놓은 이름을 서로 부르다보면 언제나 마음이 즐거웠습니다.

　그런데 꿈이 간절하면 부처님이 그 꿈을 이루게 해주나 봅니다.

　이 청년 두더지 부부는 어느 날 소원대로 아기두더지 둘을 낳게 되었습니다. 씩씩하게 건강하게 생긴 아들이었습니다.

　"여보, 우리들의 꿈이 이루어졌어요."

　"그래요. 이 두 아들을 잘 키워 우리들이 이루지 못한 꿈을 이루게 합시다!"

　아들들이 자라서 걷게 되자, 아빠두더지는 큰아들 니카에게 하늘을 나는 법을 가르쳤습니다. 공군아저씨들처럼 낙하산을 타고 공중을 날아다니면 많은 벌레를 잡을 수 있다고 생각했습니다. 힘들게 땅굴을 파며 어두운 굴속에서 벌레를 잡으며 고생하는 일은 없을 것이라고 믿었습니다. 그리고 작은아들에게는 자기들이 살아온 방법대로 땅굴을 파며 먹이를 구하는 방법을 가르쳤습니다.

부부는 큰아들이 하늘을 날면서 벌레를 잡아오고, 작은아들이 땅을 파헤쳐 땅벌레를 잡아온다면 다른 두더지들보다 행복하게 살게 될 것이라고 믿었습니다. 두더지 나라의 부자가 될 수도 있을 것이라고 생각했습니다. 그래서 아침잠에서 깨어나 아이들의 모습을 보면 괜히 가슴이 뛰고 저절로 힘이 솟는 듯했습니다.

"자 오늘도 훈련을 하자. 니카는 바위 위에 올라가서 뛰어내리는 연습을 하고, 하카는 저기 연못 옆의 밭을 파헤쳐 보아라."

"예, 아버지!"

두 아들은 부모님의 말에 어김도 없이 실천에 옮겼습니다. 바위 위에 올라가 '쿵!' 하고 뛰어내리다 진흙탕에 머리를 박아도 조금도 지친 모습을 보이지 않았습니다. 땅굴을 파고 벌레를 찾느라 연못 주변을 정신없이 파헤치고 있던 작은아들 하카는 너무 열심히 일을 한 나머지 이빨이 닳아 아기 이빨처럼 작아지고, 코끝은 피부가 벗겨져 빨갛게 부어올라 있었습니다.

"난 아프지 않아. 엄마와 아빠가 기뻐하시는 모습을 보면 기운이 넘쳐나는 걸."

두 아들이 저마다 열심히 노력하는 모습을 보는 엄마와 아빠두더지는 언제나 즐거웠습니다. 지나가는 비둘기와 들쥐들에게 자랑도 했습니다.

"저 아이가 우리 큰아들 니카랍니다."

"저 땅을 파헤치는 아이가 우리 둘째 아들 하카랍니다."

집에 끼니가 떨어져도 부부는 이 두 아들을 바라보면 어깨춤이 저절로 추어졌습니다. 조금만 기다리자. 아이들이 조금만 더 크면 우리는 두더지 나라의 최고 부자가 될 수 있다. 그런 생각을 하다가 날을 새운 날도 적지 않았습니다.

니카는 작은 바위를 벗어나 언덕 위에 올라가 뛰어내리는 훈련을 했습니다. 그리고 그 훈련이 끝나자 이번에는 높은 느티나무에 올라가 밑으로 뛰어내렸습니다.

"쿵!"

땅바닥에 널브러져 일어날 수가 없었습니다. 정신이 몽롱하고 하늘에서 별이 반짝이는 모습이 보였습니다. 하지만 아빠 엄마가 손뼉을 치며 응원하는 모습을 보고 비틀거리며 일어나서 다시 나무 위로 올라갔습니다.

"엄마, 다시 한 번 해 볼게요."

"그래. 우리 아들 최고!"

하카는 온몸이 흙투성이가 되어 땀으로 범벅이 된 형을 바라보며 형이 빨리 하늘을 나는 훌륭한 비행사 두더지가 되길 빌었습니다. 그래서 연못 늪지를 파헤쳐 잡은 굼벵이도 형의 간식으로 챙겨다주곤 했습니다.

"형아, 이거 먹고 힘내, 형은 할 수 있을 거야!"

"하카야, 고마워. 꼭 비행사 두더지 용사가 될게!"

하지만 엄마 아빠의 바램도 무심하게 니카는 훈련을 하다가 팔과 다리가 부러지는 사고를 당하고 말았습니다. 엄마 아빠의 실망은 이만저만이 아니었습니다. 두더지 나라의 의사와 제비나라의 의사, 들쥐나라의 의사들까지 초청해서 진료를 했지만 니카의 몸은 쉽게 고칠 수가 없었습니다.

"아, 우리의 꿈인 니카야, 이걸 어쩌면 좋으냐, 응?"

엄마두더지는 자기의 꿈이 너무 커서 아들을 다치게 했다고 눈물을 지었습니다. 아들이 아파서 자리에서 일어나지 못해도 잘한다고 박수를 치며 격려하던 모습이 부끄럽기까지 했습니다.

"이 모두가 제 잘못이어요."

"아니요. 내가 잘못했어요. 아비로서 부끄럽소."

굴만 파며 벌레를 잡던 하카는 가족들의 식사를 준비하며 엄마 아빠를 위로했습니다.

"엄마 아빠, 이 음식을 들고 기운을 차리셔요. 형은 장사니까 며칠 진료를 받으면 일어날 수 있을 거예요."

하카는 연못 늪지를 파헤치다 이상한 돌덩이를 보았다는 이야기를 했습니다. 단단하고 빛이 나는 물건인데 이 돌덩이가 누워 있어서 땅굴을 파는데 힘이 든다고 말했습니다.

"돌이 크면 옆으로 돌아서 파면 되지 않니?"

"엄마, 그 돌 옆에 또 큰 돌이 누워 있어요."

아빠와 엄마는 하카가 파던 굴속을 들어가 보았습니다.

'아! 부처님이다!'

하카가 발견한 것은 오래된 금동불상이었습니다. 누가 묻었는지도 모를 부처님이 누워 빙긋이 웃고 있었습니다. 부처님은 자신을 일으켜 달라는 듯 두더지 부부를 바라보셨습니다.

아빠는 굴속에서 천정의 흙을 파서 옆으로 옮기기 시작했습니다.

"하카야, 부처님이 빛을 보시게 해야 하겠다. 부처님을 세워 보자!"

"예, 아버지!"

두더지 가족은 하루 만에 연못 늪지에 묻혀 있던 부처님을 바로 세워

놓았습니다. 그날 '소망사' 의 아기스님이 연못에 놀러 왔다가 이 부처님을 보았습니다.

"어? 왜 부처님이 이곳에 나와 계신 거야?"

아기스님은 자기 가슴에 그 금동불상을 안고 대웅전으로 돌아갔습니다.

"주지스님, 연못가 늪지에 이 부처님이 앉아 계셨어요."

"정말이냐?"

주지스님은 그 금동불상을 보고 전설로만 전해오던 신라시대 어느 큰 스님의 사리를 가슴에 넣은 불상을 묻었다는 이야기를 떠올리셨습니다.

"바로 이 불상이로구나!"

주지스님은 그 불상을 안고 아기스님이 불상을 발견했다는 연못가로 달려오셨습니다. 그곳에서는 두더지 가족이 또 다른 불상을 발견해 세우고 있었습니다. 부처님의 연화대 밑을 파다가 허리가 눌려 있는 아빠두더지를 엄마두더지와 하카도 끙끙 밀어 올리고 있었습니다.

주지스님은 작은 두더지들이 그 불상을 세우려고 힘을 쓰는 것을 보고 합장을 하셨습니다. 그리고 불상을 들어 올리고 두더지를 손에 안았습니다.

"고맙구나. 너희들이 분명 지난 세상에서 우리 절의 스님이거나 인연 있는 사람이었을 것이다. 너희 두더지들이 잊고 있던 우리 절의 보물을 지켜주었구나."

주지스님은 몸을 다친 니카와 아빠두더지를 안고 스님 방으로 갔습니다. 그리고 상처에 약을 발라주고 아픔이 낳을 때까지 사람에게 대하듯 아침저녁 인사를 했습니다.

"이 좋은 인연으로 다음 세상에는 꼭 사람으로 태어나세요."

니카도 스님의 정성어린 간호로 걸어 다닐 수 있게 되었습니다. 보름 만에 두더지 가족들은 다시 연못마당으로 돌아왔습니다. 주지스님은 금동불상을 발견한 두더지가족을 위해 아침저녁으로 음식을 만들어 늪 지에 놓아주었습니다.

"두더지들아, 너희들은 이 음식을 받을 자격이 있고 함께 나눠 먹을 수 있는 우리 절의 식구이다."

그 말을 듣고 아기바람이 풍경을 흔들며 기뻐했습니다. 까치들도 부러워 미루나무 위에서 '깍깍' 울었습니다.

자비행 곽종분(慈悲行 郭鍾粉)
1933년 부산에서 출생. 65년 새 교실 수필로 등단. 교사로 33년 초등학교 근무, 정년퇴임. 대한불교찬불가제정위원회 창립이사. 한국불교아동문학상, 부산문학상, 불교청소년도서저작상, 아동도서저작부문, 부산아동문학상, 황진이문학상, 2014가정의 달 여성가족부장관상 수상 등
저서 동시집 『양지꽃 피는 언덕』, 동요집 『노래하는 아기새』 외 4권
동화집 『별의 빰』 외 7권, 수필집 5권 등

발

김 상 희

　오늘 학교에서 체육시간에 이어달리기를 했어요. 재근이와 한 조가 된 기태가 말했습니다.

　"우리는 이기기 다 글렀다. 재근아. 너 기권하고 철진이가 대신 뛰면 안 될까?"

　재근이가 평발이라고 기태가 비아냥거리는 거였어요. 기태는 재근이를 참 좋아해요. 재근이 일이라면 무엇이나 잘 해주지만 달리기만 있으면 이렇게 비아냥거리며 구박을 줍니다. 그럴 때마다 재근이는 어떻게 하면 잘 달릴 수 있을까 하고 고민을 해요.

　"나도 잘 달릴 수 있어. 평발이라도 나는 체육을 좋아한단 말야."

　"다른 것은 몰라도 평발은 달리기 안 돼. 우리 삼촌도 평발인데 달리기를 못해."

　재근이는 정말 달리기를 못했습니다. 그렇다고 평발이라는 소리는 싫었어요. 더구나 자기를 좋아하는 기태가 그러니까 더욱 싫었어요. 평발은 발바닥이 평평해서 오래 걷기도 힘들어요.

　"난 평발 아냐. 평발이면 고칠 거야."

　"좋아, 그럼 고쳐 봐. 정말 고치면 내 손에 장을 지지겠다."

재근이는 어떻게 해서든지 기태에게 달리기 실력을 보이고 싶었어요.

　"나 그 동안 달리기 연습 많이 했다. 힘껏 달릴 거야."

　"그래. 얼마나 잘 달리나 보자. 너 때문에 우리 편이 지면 가만 안 둘 거야."

　달리기를 했습니다. 기태네 편이 졌어요. 기태는 재근이 때문이라고 떠들었어요. 물론 재근이가 잘 달리지 못하기도 했지만 전체적으로 실력이 딸렸던 것입니다.

　재근이는 집에 와서 학교에서 있었던 이야기를 했어요. 어머니, 아버지는 대수롭지 않은 일로 생각하는 것 같았어요.

　"기태가 모르고 그런 거야. 너는 살이 좀 쪄서 발이……."

　어머니는 무슨 말을 더 하려다가 입을 다물었어요. 재근이는 축구나 야구 같은 운동을 좋아하지만 몸이 뚱뚱한데다가 발바닥이 평평해서 달리기는 잘 못한다는 것을 알기 때문이었습니다.

　"기태 말이 맞나봐. 나는 많이 달리면 발바닥이 아프단 말야."

　재근이는 평발을 못 고치면 평생 병신처럼 지내야 할 것이라던 기태의 말이 자꾸 생각나서 밥을 먹다가도 중얼거렸습니다.

　"나, 평생 평발로 살아야 한다면 어쩌지. 정말 평발은 병신인가?"

　"재근아, 그만 잊어버려! 발이 꼭 달리는 데만 필요한 건 아니니까."

　아버지가 어머니를 향해 눈을 찡긋해 보이며 재근이를 위로했습니다.

　"그럼요. 그렇고말고요."

　어머니도 달리기 못하는 것이 무슨 문제냐는 듯이 재근이를 두둔했습니다. 재근이는 어머니 말에 용기를 얻어 아버지를 보고 말했습니다.

　"달리기 말고 또 중요한 게 뭐에요?"

기태가 또 놀리거나 달리기 못한다고 면박을 주면 발의 다른 중요한 점을 들어서 공격을 할 생각이었습니다. 아버지는 싱긋이 웃더니 어머니를 쳐다보며 말했습니다.

"나처럼 발 냄새로 네 엄마를 골려주거나 발가락으로 꼬집을 수도 있지. 미우면 걷어찰 수도 있고."

"에이, 그건 본래 발이 할 일이 아니잖아요?"

"너 구필이니, 구족화란 말 들어 봤니? 발가락으로 글씨를 쓰거나 그림을 그리는 사람도 있어. 그런 사람의 글씨나 그림을 말하는 거야."

"예, 알아요. 손발을 못 쓰는 사람이 붓을 입으로 물고 글씨를 쓰거나 그림을 그리기도 해요."

"그것을 알면서 너는 발이 멀쩡한데 무슨 걱정이냐? 발로 글씨도 쓰고 그림도 그리는데, 달리기쯤이야 연습하면 되지."

아버지는 정색을 하고 말했습니다.

"새나 원숭이는 발을 손처럼 쓰잖니. 사람은 손이 있어 발의 그런 기능들이 퇴화했지만 훈련하면 얼마든지 할 수 있단다. 기능이란 것은 꾸준히 훈련하면 살아나게 된단다."

아버지는 재근이도 노력만 하면 평발도 고칠 수 있고, 달리기도 잘할 수 있을 거라고 했어요. 그렇게만 하면 야광끈 달린 운동화도 사줄 수 있다고 했어요. 그 운동화는 재근이가 꼭 신고 싶었던 거였습니다.

"좋아요. 달리기 연습 많이 해서 곡 잘 달리도록 하겠어요."

재근이는 아버지와 손가락을 걸어 약속을 했습니다.

다음날부터 재근이는 학교를 갈 때 뛰어갔어요. 저녁때는 공원에 가서 모래밭을 맨발로 걸었어요. 모래밭을 걸으면 평발을 고칠 수 있다고 했거든요. 그런 일이 힘들고 귀찮을 때면 기태의 얼굴과 아버지가 사주시겠다는 야광끈 운동화를 떠올리며 두 주먹을 꼭 쥐었습니다. 매일 모래밭을 걷고 달리기도 연습했어요. 마을의 공원에는 평발을 교정하는 기구도 있었어요. 또 공원 둘레를 뛰는 어른들도 있었습니다. 재근이는 그런 어른들을 뒤따라 뛰었어요. 어른들을 따라 뛰니 재미가 있었어요. 달리기 실력이 조금씩 좋아지는 것 같았습니다.

여름이 가고 가을이 되었어요. 재근이는 달리기에 자신이 생겼습니다. 학교에서 가을 운동회를 한다고 했어요. 달리기 선수를 뽑는다고 했어요. 재근이가 후보로 나섰어요. 기태가 재근이 곁으로 오더니 또 비아냥거리듯이 말했어요.

"선수는 달리기에 앞선 순서로 뽑는다는 것 너 알고 있니?"

재근이는 한 마디 받아치고 싶었지만 참았어요. 실력으로 보여줘야 하기 때문에 입을 앙 다물었어요. 체육선생님이 호루라기를 불었습니다.

"자, 선수들! 출발선에 서세요. 준비!"

출발 신호가 나자 재근이는 힘껏 달렸어요. 둘레에 보이는 것도 달리기에 거슬림이 되는 것처럼 눈을 감고 있는 힘을 다했어요. 귓가에 바람이 스치는 소리가 들렸습니다.

결승 끈이 가슴에 걸렸어요. 재근이는 두 팔을 번쩍 들며 마음속으로 외쳤습니다.

"얏호!, 내가 이겼다. 기태 자식 어디 있나? 봐라, 내 발과 새 운동화를."

아이들이 우 달려와 재근이를 둘러싸고 모두 한 마디씩 했습니다.

"야, 재근이 축하한다."

그때 기태도 웃으며 달려와서 재근이 어깨를 껴안았습니다.

"네가 꼭 해낼 줄 알았다. 그래도 걱정이 돼서 선수는 앞선 순서로 뽑는다며 약을 쳤지. 장하다. 정말 잘했다."

"너 달리기 선수된 것 기태 덕인 줄 알아라. 기태가 얼마나 걱정했는지 너는 모르지?"

재근이는 어리둥절한 표정으로 기태를 쳐다보았어요. 그러다가는 곧 빙그레 웃으며 제 가슴에 걸려있는 결승 끈을 기태 목에 걸어주었습니다.

대비심 김상희(大悲心 金相希)
서울대학교 생물학박사 졸업. 1994년 제39회 아동문학평론 동화신인상과 같은 해 제3회 동쪽나라 아동문학상 수상으로 문단에 나왔다. 1995년 동화집 『난 그냥 주먹코가 좋아』와 두산동아 『자연관찰』 등을 집필했고, 캐나다 맥길대학과 미국 록펠러대학 연구원을 거쳐 현재 한국해양과학기술원 극지연구소 책임연구원으로 일하고 있다.

두 부자의 이야기

김 영 순

정은이는 학교에서 돌아와 먼저 할머니가 계시는 방으로 들어갔다.

"할머니, 학교에 다녀왔습니다."

정은이는 할머니 앞에 얌전히 앉았다.

"오냐. 오늘도 건강하여라."

할머니는 사경(경문을 쓰는 것) 하던 붓을 잠시 멈추고 환한 얼굴로 정은이를 맞는다.

할아버지가 지난달에 세상을 떠난 뒤로 할머니는 날마다 반야심경을 읽고, 붓펜으로 정성스럽게 사경을 한다.

　　염불기도하고 사경하여
　　마음자리를 밝혀갑시다.

할머니 방에는 할아버지가 쓴 글이 족자로 만들어 벽에 걸려있다. 할머닌 그 족자의 글처럼 날마다 염불기도 하고 사경을 한다.

"할머니는 이렇게 사경을 할 때 무얼 빌어요?"

"할머니는 우리 가족들의 건강과 돌아가신 할아버지의 극락왕생을 기도한단다.”

“할머니, 극락왕생이 무엇인가요?”

“죽어서 극락세계에 다시 태어나는 것이 극락왕생이란다. 또 편안하게 죽는 걸 극락왕생이라고도 한단다.”

할머니의 말과 같이 할아버지께서도 생전에 '저승길이 밝고 편안해야 한다' 는 이야기는 자주하셨다. '사람은 베풀며 살아야 저승길(죽음길)이 편안하단다' 고 말하면서 강부자와 최부자의 죽음 길 이야기도 했다.

옛날, 그러니까 아주 먼 옛날은 아니고 지금부터 8, 90년 전에 충청도의 어느 고을에 노랑이로 유명한 강부자가 살았다. 강부자는 얼마나 지독한 구두쇤지 이웃에서 굶어죽는 사람이 생겨나도 쌀 한 됫박 나눠줄 줄 몰랐다. 심지어 아내에게도 돈 몇 푼을 주는 일이 없었다. 그에게는 아들 셋이 있었는데 아들들에게도 논밭 몇 뙈기씩만 나눠주곤 나몰라 했다.

'제가 제 힘으로 벌어먹고 살아야지 부모덕으로 살겠다는 자식은 도둑과 같으니까 도와줄 필요가 없다' 고 그는 주장했다.

그런 강부자에게 소꿉친구 하나가 있었다. 그러나 소꿉친구인 김노인에게도 공술 한 잔 사주는 일이 없었다. 오히려 형편이 어려운 김노인으로부터 막걸리 잔이나 얻어먹는 편이었다.

“이보게, 강부자. 자네는 그 많은 돈을 짊어지고 저승에 갈 것도 아닌데 생전에 베풀면서 살게나.”

김노인은 노랑이짓만 하는 강부자가 딱해서 베풀며 살라고 타이른다.

“친구는 뭘 모르고 하는 말일세. 지금 이 세상은 돈이면 만사 오케이야. 그 뿐인가, 저승사자도 돈만 듬뿍 안겨주면 극락세계로 곧장 데려다준다니까."

"예끼 이 사람아, 돈 싸들고 저승에 간다는 소린 처음으로 들어보네."

"두고 보게. 난 돈다발을 들고 저승사자를 따라 극락세계로 직행할 것이네."

그렇게 말하던 강부자는 죽을 날이 가까워 오자 자기 앞으로 돼 있는 재산을 모두 팔아서 100원 권으로 돈다발을 만들어 금고 속에 보관했다. 그때 100원 권 지폐 한 장이면, 제일 큰 황소 한 마리 값이었다. 그러니까 강부자가 금고에 보관한 돈뭉치 세 다발, 즉 3만원은 특대 황소 300필의 값이 되는 것이다.

강부자가 그렇게 큰돈을 준비하고 있는 어느 날 저승사자가 찾아왔다. 평생 모은 돈을 가지고 극락세계로 가겠다고 생각한 강부자는 금고 속에 넣어 두었던 돈 다발 세 뭉치를 몽땅 꺼내어 두 뭉치는 양손에 하나씩 나누어 쥐고, 한 뭉치는 입에다 꽉 물고 저승사자를 따라 나섰다.

강부자는 저승길이 먼데 있는 줄 알았는데, 저승사자를 따라 문밖을 나서니 바로 저세상이었다.

그런데 저세상으로 영원히 떠나는 아버지에게 잘 가라는 이별 인사 한 마디 없이 아들 3형제는 아버지의 죽음 앞에서 돈 들어 갈 일만 걱정하고 있었다.

"장사를 지내려면 많은 돈이 필요한데 아버지가 저렇게 몽땅 틀어쥐고 있으니 이 노릇을 어쩌면 좋은가?"

큰아들이 땅이 꺼지도록 걱정을 한다.

"아버지, 돈을 주십시오. 돈을 주셔야 장사를 치르지요."

둘째아들도 소리를 지른다.

"아이고, 아버지, 입에 물고 있는 돈다발이라도 뱉어내세요. 보기에

흉합니다."

셋째아들도 통곡을 한다.

아들들은 이렇게 아버지의 돈을 빼앗으려 했지만, 이미 저세상으로 떠난 아버지는 아무런 말도 없다. 그러나 '죽은 자는 말이 없다'는 걸 아들들은 모른다.

아들들은 다만 아버지의 돈을 빼앗으려고 애썼지만 워낙 세게 쥐고, 워낙 세게 앙다문 시체의 손과 입은 꼼짝하지 않는다.

아버지의 시체는 그렇게 꼼짝없이 9일장을 끝내고 무덤으로 들어가야 할 날이 돌아왔다.

"억지로라도 아버지의 돈을 뺏어야지, 이대로 돈까지 묻으면 오늘 밤에 당장 도둑들이 몰려와 무덤을 파헤치고 돈만 꺼내갈 것이다."

아들 3형제는 그렇게 판단하고, 큰아들은 왼쪽 손에 쥔 돈을 빼앗고, 둘째아들은 아버지의 오른 쪽 손의 돈을 빼내 갖기로 정했다. 그리고 셋째아들은 시체의 입에 물고 있는 돈을 빼내어 갖기로 의논을 했다.

그러나 죽은 지 9일이 지나 돌덩이처럼 굳은 손과 입은 꼼짝도 하지 않았다. 아무리 손을 펴려 해도, 입을 벌려보려고 해도 소용이 없었다.

큰아들은 끝내 펜치로 시체의 왼쪽 손가락 다섯 개를 모두 부러뜨리고 나서야 겨우 돈다발을 꺼낼 수가 있었다. 둘째도 첫째와 똑같은 방법으로 시체를 훼손(헤쳐서 못 쓰게 만듦)하고 돈을 빼냈다.

셋째는 시체의 이빨 32개를 모두 뽑고 겨우 돈다발을 빼앗았다. 그리하여 시체는 아들들의 손에 정말 흉측하게 훼손되었다.

강부자의 소꿉친구인 김노인이 이렇게 끔찍한 꼴을 직접 보고는, 그들 3형제를 검찰에 고발했다. 그리하여 현장으로 득달같이 달려온 검찰은 3형제를 '시체의 훼손과 현금 3만원 강탈 죄'로 체포하고 현금도 압

수해 갔다.

'그 아버지에 그 아들이구나. 죽은 뒤에 저세상으로 가져갈 것은 재물이 아니라 업보(죄값)뿐인 것을, 너희는 왜 모르는가?'

김노인은 그렇게 탄식을 한다.

그 무렵 경상도 어느 고을에는 최현이란 부자가 살고 있었다. 그런데 최부자는 노랑이었던 강부자와는 정반대가 되는 인물이었다.

최부자는 틈만 나면 가족들에게 다음과 같은 교육을 시켰다.

"사람이 죽은 뒤에 저승세계로 가져갈 것은 재물이 아니라 업보뿐이란다. 그러므로 죄값이 가벼워지려면 착한 일을 많이 하여라. 특히 가난한 사람들에게 베풀며 살아라."

그렇게 가족들에게 가르치는 최부자의 집 대문 밖에는 언제나 커다란 쌀뒤주가 놓여있다.

배고픈 사람들은 망설이지 말고 누구나
한 됫박씩 퍼다가 밥을 지어 먹으시오.

이런 글귀를 써 붙인 쌀뒤주, 그 뒤주에는 언제나 쌀이 가득 채워져 있었다.

"큰 부자가 살고 있는 고을에서 굶어죽은 사람이 생겨난다면, 그건 모두 부자의 업보다. 굶주리는 사람들에게 베풀어라."

그렇게 늘 가족들에게 '베풀며 살라'고 가르치며 살던 최부자도 결국 늙고 병들어 끝내 저세상으로 떠나는 날이 돌아왔다. 최부자는 가족들을 모아놓고 유언 하나를 남겼다.

"내가 죽어 시체를 묘지로 옮길 때는 내 두 손을 관 밖으로 나오도록 염습(죽은 사람의 몸을 씻긴 뒤에 옷을 입히고 삼베로 묶는 일)을 하여라."

최부자는 그런 유언을 남기고 저승길로 편안히 떠나갔다.

최부자의 유언에 따라 가족들은 상여를 메고 갈 때, 두 손을 관 밖으로 내어 놓아, 사람들이 모두 볼 수 있도록 했다.

'사람들아, 보아라. 나는 이 고을에서 돈도 제일 많고, 집도 크고, 가족들도 많지만, 저승길로 떠나는 나는 혼자 빈손으로 간다. 저승으로 가져가는 것은 이 세상의 재물이 아니라 업보뿐이다.'

최부자는 빈손으로 왔다가 빈손으로 돌아가는 죽음길이 밝기를 원하면서 그런 유언을 남긴 것이다.

'염불기도 하고 사경하여,
마음자리를 밝혀갑시다.'

정은이는 할아버지가 써 붙인 족자를 바라보며, 할아버지가 생전에 들려준 두 부자의 죽음 길에 대한 이야기를 떠올린다.

"할머니, 우리 할아버지는 생전에 인자하시고 베풀기를 좋아하셨으니까 극락왕생하셨을 것입니다. 더군다나 할머니께서 날마다 반야심경을 읽고, 또 사경을 하니까 틀림없이 극락왕생하셨을 것입니다."

정은이는 할머니에게 자신 있게 말한다.

한산 김영순(韓山 金榮淳)
1962년 한국일보신춘문예 동화 당선
민족동화문학상, 방정환문학상 수상
동화책 『늦둥이』 『우차꾼의 아들』 『해방둥이네 교실』 등 30여 권

강노인

김 종 상

경로정을 나선 강노인은 마음이 급했습니다. 버스 정류장을 향해 걸음을 재촉했습니다. 목구멍에서 홍시 냄새가 났습니다. 막내를 군에 보낸 뒤로 몸이 부쩍 더 약해진 것 같았습니다. 고혈압과 당뇨 탓인지 종종 현기증이 와서 불안을 느낄 때가 많습니다. 퇴근시간이 가까워진 탓인가 정류장은 몹시 붐볐습니다. 전철이 닿지 않아서 더했습니다. 강노인은 젊은이들에게 밀려 버스 한 대를 놓치고 나서야 겨우 탔습니다.

"하필 오늘 위문을 올게 뭐람."

경로정 위문이란 항상 도식적이었습니다. 아이들 몇이 떡과 과일을 갖고 와서는 춤추고 노래하고 사진 찍고…… 언제나 그런 것이었습니다. 위문을 했다는 증빙자료를 만들기 위한 하나의 요식 행위 같아서 결코 달갑지 않았습니다. 그래도 거절을 못하는 것은 손자 손녀 뻘쯤 되는 아이들의 맑은 눈빛 때문이었습니다. 그렇지만 강노인에게 있어 오늘은 그런 것이 문제가 아니었습니다. 막내가 외출을 나온다고 했습니다. 삼대독자인 강노인이 위로 칠 공주를 두고 쉰이 넘어서야 겨우 얻은 외아들이니 오죽하겠습니까? 만지면 터질까 불면 날아갈까 금이야 옥이야 길렀던 막내입니다. 그 자식이 기어이 공군에 자원입대를 했고 오늘 첫 외출을 나온다는 것입니다. 지난밤은 잠도 설친 강노인은 어린애처럼 마음을 설레이며 아침부터 동구 밖만 내다봤습니다. 그런데 강노인이 회장으로 있는 경로정에 초등학생들이 위문을 온다고 했습니다. 다음 날로 미루면 안 되느냐고 했더니, 학교 계획에 따라 준비가 되어있기 때문에 어렵다고 했습니다. 아침부터 아들이 곧 대문을 열고 들어설 것 같은 생각으로 기다리다가 경로정으로 나갔습니다.

경로정 위문단이란 아이들은 음식을 차려놓고 "할아버지, 할머니 많이 드세요" 하며 재롱을 떨었습니다. 모두들 손자 손녀 생각을 하며 좋아했습니다. 그러나 강노인의 생각은 막내에게만 가 있었습니다. 자기가 이러고 있는 사이에 막내가 아버지를 부르며 대문을 들어서는 것만 같았습니다. 이런 강노인의 속내는 아랑곳없이 오늘은 신문 기자까지 동행해서 회장과 인터뷰를 한다 어쩐다 하느라고 귀가길이 늦어졌습니다. 마음이 더욱 급했습니다. 또 속이 메스꺼워졌습니다. 요사이 와서 마음이 급해지면 종종 그런 증상이 생겼습니다.

버스 안을 돌아보았으나 빈자리가 없었습니다. 속이 메스꺼운 것을 참으니 현기증이 일었습니다. 강노인은 천정의 손잡이에 매달린 두 손에 실리는 몸의 무게가 갑자기 늘어나는 것을 느꼈습니다. 어쩌면 여기에서 그대로 무너질지도 모른다는 불안감이 엄습해 왔습니다. 심호흡을 하며 눈을 감았습니다. 바람에 날리는 불티 같은 것이 눈앞에서 수없이 어른거리며 맴돌았습니다. 갑자기 주위가 고요해지며 온몸이 깊은 늪으로 빠져드는 기분이었습니다. 그 때였습니다. 바로 앞에서 큰 소리가 들렸습니다.

"당신이 노약자야? 늙고 병든 사람이냐구?"

강노인은 깜짝 놀라 눈을 번쩍 떴습니다. 자기보다 몇 살 아래로 뵈는 노인이 노약자 지정석에 앉은 젊은이를 향해 호통을 치는 것이었습니다. 버스 안의 사람들 시선이 일제히 그 노인에게로 쏠렸습니다.

"이 늙은이, 눈에 뵈는 게 없구만. 어디에 함부로 호통이여?"

젊은이가 일어나 눈을 치뜨며 노인에게 대들었습니다.

"왜 내 말이 틀렸어? 그 자리가 어떤 자리인가 보란 말이야. 여기 서 있는 노인네가 안 보여?"

그 노인은 강노인을 가리켰습니다.

"보이면 어쩌란 말이오? 여기가 당신네 안방이요? 재수가 없으려니 별꼴을 다 보겠네."

젊은이는 노인을 때리기라도 할 것 같은 기세였습니다. 여러 사람들이 보고 있었지만 모두가 남의 일이었습니다. 그제야 강노인은 사태를 짐작할 수 있었습니다. 호통을 치는 노인이 강노인을 보고 젊은이에게 자리를 양보하라고 했던 모양입니다. 그런데, 젊은이가 말을 안 들으니까 노인은 화가 났던 것 같았습니다. 사태를 짐작한 강노인이 나섰습니다.

"젊은이, 미안하오. 나 때문인 것 같은데 내가 대신 사과하리다."

강노인은 겸연쩍은 표정을 지었습니다. 젊은이는 강노인의 말에는 대꾸도 없이 무언가를 투덜거리며 저쪽으로 가버렸습니다. 그 노인은 몹시 불쾌한 표정으로 젊은이를 노려보았습니다. 젊은이가 그쪽으로 가자 거기 앉아있던 젊은이들이 저희들끼리 지껄였습니다.

"지금 세상이 어떤 때인지를 모르는 늙은이구먼."

"된통을 못 봐서 그렇지, 한 번 당해 봐야 제 정신이 들겠어."

"쟤가 참았으니 망정이지, 이 늙은이들 환장했나? 당신네 식구들 몰살당하고 싶어? 하고 대들면 무릎 꿇고 싹싹 빌었을 걸."

"요사이 늙은이들은 조금만 위해 주는 눈치를 보이면 아주 짓밟으려 든단 말야."

"유통기간이 지나면 폐기해야 되는 건데……."

아무리 막말이 극에 달한 세상이라지만 이건 정말 너무했습니다. 젊은이를 나무라던 노인도 고개를 돌리고 말았습니다. 강노인도 속이 뒤집히고 가슴이 떨렸지만 어쩔 수가 없었습니다. '이놈들, 네놈들은 언제까지나 늙지 않을 줄 아나?' 하는 소리가 목구멍까지 치밀어 오르는 것을 꿀꺽 삼켰습니다. 십여 년 전만 같아도 그냥 넘어갈 강노인이 아니었습니다. 읍내 씨름대회에서 황소를 땄다는 김장사도 못 들었던 동구나무 밑의 들돌을 거뜬히 들어 올렸던 강노인이었습니다.

'나이란 할 수 없는 거여. 참는 자에게 복이 있다 했으니, 울화가 치밀어도 그냥 참는 거여.'

강노인은 이렇게 자위하며 눈을 창밖으로 돌렸습니다. 매연에 그을린 서울 하늘은 언제나 흐림이었습니다. 비라도 오면 땟국물이 줄줄 쏟아질 것만 같은 하늘이었습니다.

"비가 오려나?"

괜히 해보는 소리였습니다. 강노인은 서울 하늘을 저녁 굶은 시어머니 인상이라고 했습니다. 언제나 잔뜩 화가 난 듯 늘 찌뿌둥하기 때문이었습니다. 오늘은 강노인의 마음이 그러했습니다. 집이 가까웠습니다.

버스가 멈추었습니다. 젊은이들이 우르르 몰려 내렸습니다. 강노인은 그들에게 밀려서 끝에서 두 번째로 내렸습니다. 마지막으로 내린 것은 학원 가방을 멘 초등학교 학생이었습니다. 강노인은 구멍가게에 들려 막내가 좋아하는 귤을 좀 사가지고 집으로 향했습니다. 대문을 밀고 들어서는데 막내가 기다렸다는 듯이 뛰어 나왔습니다.

"단결! 아버지 아들이 건강한 모습으로 출장 나왔음을 신고합니다."

막내는 거수경례를 붙였습니다. 강노인은 콧속이 찡해왔습니다. 핏덩이를 안고 이게 언제 사람 노릇할까 하고 걱정한 것이 엊그제 같은데 벌써 강노인이 고개를 젖히고 쳐다봐야 할 만큼 자란 것이 대견했습니다. 군복을 입은 모습이 참으로 늠름했습니다.

"그래, 고생이 많았지? 어서 들어가자."

그때 아들의 방에서 젊은이들이 몰려나오며 인사를 했습니다.

"아버님, 안녕하십니까?"

아들의 친구들이었습니다. 강노인은 그들을 보는 순간 들고 있던 귤 봉지를 떨어뜨렸습니다. 귤이 사방으로 흩어져 굴러갔습니다. 그들은 조금 전 버스 간에서 떠들던 그 젊은이들이었기 때문이었습니다.

불심 김종상(佛心 金鍾祥)
1935년 안동 서후면 대두서에서 나서 풍산 죽전에서 자랐다. 1958년《새교실》지우문예에 소년소설『부처손』이 뽑히고, 1959년 민경친선 신춘문예에 시『저녁어스름』,《새벗》에 동시《산골》이 입상했다. 1960년 서울신문 신춘문예에 동시『산 위에서 보면』이 당선되고, 한국아동문학가협회 회장, 한국동요동인회 회장, 국제펜 부이사장 등을 지냈으며 현재, 문학신문 주필, 한국문협과 국제펜, 한국현대시협의 고문으로 있다.

별빛 눈 다롱이

박 선 영

 나는 아침마다 엄마 차를 타고 엄마네 회사에 있는 유치원에 가요. 엄마가 나를 유치원에 내려놓고 "다현이, 오늘 하루도 재밌게 놀아" 하면 나도 "엄마도 재밌게 일해"라고 인사해요. 그 다음 우린 뽀뽀를 하고 손을 흔들고 헤어져요.

 나는 오늘 무척 가슴이 떨려요. 어제 저녁 우리 다롱이가 새끼를 낳으러 병원에 갔기 때문이에요. 다롱이는 우리가 기르는 강아지예요. 목욕을 시키면 하얀 눈이 몸에 내린 것 같은, 내 동생이랍니다.

 다롱이가 처음부터 하얗고 예쁘지는 않았어요. 엄마친구인 동물병원 원장 아줌마가 버려진 강아지라며 우리에게 보여줬을 때는 꼬질꼬질 때가 타고 바싹 마른 강아지였어요. 나는 동생을 낳아주지 않는 엄마에게 강아지라도 기르겠다고 계속 졸랐기 때문에, 그 강아지를 보았을 때 참 좋았어요. 못생겨도, 새까매도, 말라도 다 좋았어요. 눈이 아주 반짝 거렸거든요. 꼭 별이 눈 안에 있는 것 같았어요. 별눈을 가진 그 강아지를 싫다고 하면 다시는 동생이 생기지 않을 것 같아서 나는 무조건 그 강아지를 기르겠다고 했어요.

 다롱이는 우리 집에서 살면서 하얗게 되고 살도 쪄서 이젠 누가 봐도 예쁜 강아지가 됐어요.

다롱이가 병원에 간 다음에 엄마는 다롱이 몸이 약한 것을 걱정했어요. 그러자 아빠는 엄마가 나를 낳았을 때 이야기를 했어요.

"다현이 낳을 때, 엄마도 무척 고생 많이 했어. 엄마가 몸이 좀 약했거든. 너를 낳고 더 이상은 아기를 낳지 못하게 됐어."

"그래서 내가 동생을 낳아달라고 졸라도 안 된다고 한 거야?"

"그래 맞아. 대신 다롱이가 생겼잖아."

맞아요. 난 이제 동생이 갖고 싶지 않아요. 다롱이가 내 동생이거든요.

다롱이가 온 뒤로 나는 다롱이가 보고 싶어서 유치원에서 매일 뛰어서 집에 갔어요. 목욕도 같이 하고 잠도 같이 자지요.

나는 유치원에 들어가자마자 선생님한테 다롱이 얘길 해줬어요.

"선생님, 내 동생 다롱이가 새끼 낳을 거예요."

"너희 집 강아지 말이지?"

"네. 강아지인데 내 동생이기도 해요."

선생님은 하하 웃으며 제 볼을 쓰다듬었어요.

우리 유치원은 아침마다 산책을 가요.

나는 오늘 수빈이랑 손을 잡고 가기로 했어요.

수빈이는 내가 제일 좋아하는 애예요. 매일매일 웃는 눈인 수빈이를 보면 나도 웃는 눈이 돼요. 오늘도 내가 손을 잡으니까 먼저 웃어주네요.

"수빈아, 내가 다롱이 새끼 낳으면 하나 줄까?"

"정말? 나 강아지 키우고 싶은데…"

내가 강아지를 주면 수빈이는 언제까지나 내게 웃어줄 거라 생각하니, 기분이 엄청 좋았어요.

종현이가 뒤에서 우리말을 들었나 봐요.

"다현아, 나도 강아지 키우고 싶어. 나도 강아지 주면 안 돼?"

내가 대답도 하기 전에 이번엔 은주가 말했어요.

"나도 나도. 예쁜 강아지 나도 줘라."

그러자 다른 친구들도 다 강아지를 달라고 했어요.

두 사람씩 잡았던 손을 놓고 친구들이 우르르 몰려들자 선생님이 아이들을 막아섰어요.

"얘들아, 이러면 안 돼. 서로 손을 잡아야 친구들을 잃어버리지 않아. 나올 때 약속한대로 손 꼭 잡자."

나는 아이들의 머리를 보며 수를 세었어요. 일곱이네요. 그럼 다롱이가 새끼를 일곱 마리 낳아야 해요.

과연 다롱이가 일곱 마리를 낳을 수 있을까? 할머니네 강아지는 세 마리를 낳았는데….

나는 조금 걱정이 됐어요. 선생님이 돗자리를 깔아주고 우리는 거기 모여 앉았어요. 우리는 '곰 세 마리가 한집에 있어. 아빠곰 엄마곰 아기 곰' 노래를 부르기 시작했어요.

그런데 저쪽에서 어떤 아이가 우리를 쳐다보고 있는 게 보였어요. 그 아이는 힘든 지 쪼그리고 앉아서 우릴 쳐다봤어요. 주변을 둘러봐도 그 아이는 혼자인 것 같았어요. 그러다가 그 아이와 나는 눈이 딱 마주쳤어요. 내가 먼저 손을 흔들었어요. 그러자 그 아이도 손을 흔들면서 한 발자국 앞으로 나왔어요.

내가 큰 소리로 아이를 불렀어요.

"이리 와. 같이 놀자."

그 아이는 또 두 발자국 떼더니 더는 다가오지 않았어요. 그래서 내가 계속 손짓했지요.

그런데도 아이는 부끄러운지 더 이상 다가오지 못하고 그저 쳐다보고만 있었어요.

내가 신발을 신자 웃는 눈 수빈이가 내 바지를 잡아당겼어요.

"야, 이상한 애면 어떡해?"

수빈이 눈은 웃는 눈이 아니라 걱정스러운 눈이 되었어요.

"아니야. 쟤는 우리랑 놀고 싶어 하는 거야. 이상한 거 아니야."

수빈이는 "우리 엄마가 모르는 애랑 놀지 말랬는데…."라며 계속 걱정을 했어요.

나는 선생님에게 물어보기로 했어요.

"선생님, 저기 있는 친구 데려와도 되죠?"

선생님은 그 아이를 유심히 쳐다만 보고는 아무 말도 안 했어요. 그러더니 조금 있다가 "다현아, 우리반 친구들끼리 놀자"라고 했어요.

나는 고개를 흔들었어요.

"쟤는 혼자 있어서 외로워요. 외로운 사람은 친구가 필요한 거예요. 우리랑 같이 놀면 쟤는 친구가 생기니까 재미있게 돼요."

선생님은 하는 수없이 고개를 끄덕여 허락을 해줬어요. 나는 그 애에게 가서 손을 잡고 데려왔어요.

"선생님, 얘는 왜 세수를 안했어요? 엄마가 없어요?"

수빈이가 눈을 찡그렸어요.

그러자 종현이가 또 이렇게 말했어요.

"선생님, 얘는 옷도 더러워요. 집이 없나 봐요."

선생님은 "머리라도 빗어주면 좋겠구나"라며 헝클어진 채 하나로 질끈 묶은 기다란 머리카락을 쳐다봤어요. 선생님은 또 "좀 씻기면 좋겠는데, 애들을 두고 가서 씻겨올 수도 없고 어쩌지"라고 혼잣말을 했어요.

가까이서 보니 그 아이는 눈이 동그랗고 반짝반짝 거렸어요. 어디서 많이 본 눈이었어요.

나는 그 아이와 손을 꼭 잡고서 놓지 않았어요. 그 아이는 내 옆에 가만히 서 있었어요. 나는 아이 손을 끌며 옆에 앉혔어요. 선생님도 "어쩔 수 없지"라며 동화책을 읽어주겠다고 했어요.

수빈이는 여전히 나와 그 아이를 맘에 안 들게 쳐다보았어요. 갈매기 날개처럼 둥글던 수빈이 눈이 뾰족하게 세모눈이 돼서 쳐다보니까 좀 미운 얼굴이 되었어요.

나도 수빈이를 세모눈으로 쳐다보려고 마음먹었는데 누가 옆구리를 콕콕 찔렀어요. 그 아이였어요. 그 아이는 환하게 웃었어요. 이번에는 눈 뿐 아니라 이도 하얗게 반짝였어요.

선생님은 동화책을 읽어주고 나무에 붙은 잠자리도 보여주었어요. 그 다음에는 우리끼리 소꿉놀이를 했어요. 아이들은 처음에는 그 아이를 싫어했지만 조금 지나자 같이 잘 놀게 되었어요.

이제 점심 먹으러 유치원으로 들어갈 시간이 됐어요. 선생님은 그 아이에게 이름을 물었어요. 아이는 대답을 안 하고 그냥 웃었어요. 선생님이 같이 가서 밥을 먹자고 했지만 아이는 또 그냥 웃더니 고개를 가로 저었어요.

그러자 선생님은 아이들에게 "이 아이는 말을 못하는 것 같애. 오늘 하루 친구가 됐지만 이제 우린 밥 먹으로 가야하니, 인사하자"라고 말했어요. 그래서 우리들은 말 못하는 친구에게 "안녕"하고 인사를 했어요. 나도 아이 손을 놓고 선생님을 따라 들어가려고 돌아섰는데 그 친구가 내 귀에 대고 속삭였어요.

"고마워, 다현아. 넌 좋은 오빠였어."

나는 내 귀가 이상한 줄 알았어요. 나한테 오빠라고 하니까 너무 이상했지요. 내 동생은 다롱이 밖에 없는데 말이지요. 그래도 기분은 좋았어요. '오빠'라는 말을 처음으로 들었으니까요.

그 아이는 뛰어서 사라졌어요. 아마 엄마가 기다리는 곳으로 갔겠지요.

점심을 먹는데 우리 엄마가 유치원으로 왔어요.

"다현아. 다롱이가 새끼를 낳았대."

"와, 다롱이 보고 싶다. 엄마, 우리 다롱이 보러 가요."

그런데 엄마 얼굴이 웃고 있지 않았어요. 눈이 슬퍼보였어요.

"있잖아. 다롱이가 많이 아프대. 병원에서 치료 받고 있는데, 새끼 낳느라고 너무 힘들었대. 아주 많이 아파서 집에 못 올 수도 있대."

나는 이상하게 아까 그 아이의 얼굴이 떠올랐어요. 눈이 반짝이던 얼굴, 하얗게 웃던 그 얼굴이 떠올랐어요. 그러니까 갑자기 눈물이 똑똑 떨어졌어요.

엄마가 내 눈물을 닦아줬어요. 그런데 엄마 눈에서도 눈물이 떨어졌어요. 엄마가 우니까 너무 슬퍼져서 나는 엉엉 소리 내서 울고 말았어요.

아이들이 놀라서 우리를 둘러싸고 쳐다봤지만 나는 울음을 멈출 수 없어요. 내 눈물이 유치원에 넘칠 때까지 난 계속 울 수밖에 없어요. 내가 다롱이를 위해 뭘 해야 할지 모르겠어요.

운문 박선영(雲門 朴鮮瀅)
불교신문 신춘문예로 등단, '올해의 불서' 2회 수상.
지은 책으로 『정말 멋져, 누가?』, 『물도깨비의 눈물』, 『석가모니는 왜 왕자의 자리를 버렸을까?(공저)』, 『미운오리 새끼들』, 『특별한 장승(공저)』 등이 있다.

소나무, 하늘을 날다

박 춘 희

'적송'은 몸에 붉은 색을 띤 소나무예요. 강원도 오대산의 매서운 추위도 잘 견디지요. 가지는 하늘로 향하고 뿌리는 땅속 깊이 뻗었어요. 솔잎은 사철 푸르고, 나무껍질은 두꺼비 등처럼 단단해요. 갈라진 껍질 사이로 진한 송진이 있어 해충도 함부로 파고들지 못하지요.

적송 두 그루가 저만치 떨어져서 살았어요. 한창 자랄 때는 두 소나무의 모습이 비슷했지만 지금은 아주 달랐어요. 한 그루는 튼튼한 몸으로 하늘을 향해 우뚝 섰지만, 다른 한 그루는 기역자로 굽어져 볼품없게 되고 말았어요. 굽은 소나무는 부러운 마음을 감출 수가 없었어요. 붉은 소나무는 어떤 칭찬도 부족할 정도로 빼어난 모습이니까요.

"하늘이 널 지켜준다는 소문이 사실인 것 같아. 그날 밤, 눈 폭풍에도 끄떡없었잖아!"

굽은 소나무의 혼잣말을 옆에서 듣고 있던 바위가 달래주었어요.

"살아 있는 것은 축복이야. 자신이 얼마나 귀한 존재인지 잊지 마라."

"예."

굽은 소나무의 대답에는 힘이 없었어요.

오래 전, 폭설이 쏟아지던 밤이었어요. 산봉우리에서 집채보다 큰 눈더미가 쏟아졌어요. 거센 눈보라 속에 눈사태가 일어난 거예요. 소나무는 중심가지 하나가 찢기면서 정신을 잃었어요. 기운을 차린 뒤에야 바위가 막아준 덕분에 살아남은 걸 알았어요. 숲은 움푹 파이고 무너진 곳도 있었어요. 허리가 꺾이고 뿌리가 뒤집힌 나무들도 많았어요. 돌덩이에 깔린 짐승들은 눈뜨고 볼 수 없을 지경이었어요. 그런데 저만치 떨어진 붉은 소나무는 거짓말처럼 무사했어요. 눈사태 이후, 누가 퍼뜨렸는지 '붉은 소나무는 하늘이 지켜준다' 는 소문이 솔바람을 타고 퍼졌어요.

수백 년이 지나는 동안, 숲은 무성해져 눈사태의 흔적이 보이지 않았어요. 그러나 굽은 소나무의 상처는 가릴 방법이 없었어요. 욱신거리는 통증도 참고 몸을 일으키려 했지만 소용이 없었어요. 점점 바위 쪽으로 기울면서 기역자 모양으로 굳어졌어요. 뿌리도 예전처럼 자유롭게 양분을 뽑아 올리지 못했지요. 볼품없다고 손가락질 당해도 어쩔 수 없는 처지가 되고 말았어요.

굽은 소나무는 바위의 위로를 받으며 스스로 힘을 키웠어요.

어느 날, 목수의 우두머리인 도목수가 숲을 찾았어요. 붉은 소나무를 둘러보고 또 손으로 만졌어요. 먹물로 점을 찍으며 말했어요.

"내가 애타게 찾던 나무로군! 국보급 문화재를 세우는데 꼭 필요한 재목이야. 기둥이나 대들보가 되면 다시 천년을 살 수가 있지."

며칠 후, 도목수는 한 무리의 사람을 이끌고 왔어요. 온갖 종류의 연장과 긴 동아줄도 가져왔어요.

도목수의 지시에 따라 수건으로 머리를 묶은 일꾼들이 양쪽으로 갈라섰어요.

준비를 마친 도목수가 붉은 소나무를 향해 외쳤어요.

"어명이요! 어명이요! 어명이요!"

붉은 소나무의 밑동을 도끼로 내리 찍자, 일꾼들은 잽싸게 움직였어요. 도끼질을 끝낸 뒤엔 날카로운 톱질이 시작되었어요. 붉은 소나무의 속살이 가루가 되어 밀려나왔어요.

하늘을 찌를 듯이 높고 튼튼했던 붉은 소나무가 비스듬히 기울어졌어요.

"우우우우우우……."

울음소리가 천지를 흔들었어요. 멀고 가까운 숲속의 나무들, 새들, 짐승들, 여린 풀벌레들까지 숨을 멈췄어요. 굽은 소나무도 어쩔 줄을 몰라 벌벌 떨기만 했어요.

새벽달이 비친 숲은 고요하면서도 허전했어요. 굽은 소나무가 입을 열었어요.

"바위님, 어명이 뭐예요?"

"'임금의 명령'이지. 누구도 거역할 수 없는……."

"요즘 세상에 임금이 어디 있어요?"

"옛날부터 그래왔으니까. 하늘의 뜻을 따르라는 말씀이지."

"붉은 소나무가 얼마나 아팠을까요?"

"아픔을 이겨내야 새롭게 태어날 수 있으니까."

"난 쓸모가 없으니 어명 없이 베어도 될 텐데!"

"쓸모가 없다니! 자신이 얼마나 귀한 존재인지 잊지 말라 했거늘!"

"제가 어찌 귀한 존재예요?"

"육십년 전이지, 아마? 동자승이 있었어. 스님이 땔감을 모으는 동안,

네 등에서 놀았던 아이 말이다. 눈물로 얼룩진 뺨을 등에 대고 '엄마 어부바'라고 중얼거렸지."

"아, 생각났어요. 엄마가 그리웠나 봐요."

"엄마 없는 아이가 네게서 엄마를 느꼈으니 얼마나 소중한 인연이냐?"

"바위님은 엄마 없는 아이인 걸 어찌 아세요?"

"수천 년을 살다보면 마음이 보이지."

그 때, 절에서 치는 새벽 종소리가 들렸어요. 굽은 소나무가 합장을 했어요.

"부처님, 구름처럼 하늘을 날게 해주세요."

굽은 소나무의 소원은 늘 엉뚱했어요.

"별이 되고 싶다, 꽃이 되고 싶다, 새가 되고 싶다, 다람쥐가 되고 싶다…… 날마다 소원이 바뀌니 부처님도 헷갈리시겠네. 오늘은 왜 하늘을 날고 싶어?"

"그 아이가 궁금해서요. 구름처럼 날면 아이를 볼 수 있겠죠?"

"육십 년 전의 아이가 아직도 아이라고?"

부처님 앞에 향을 올린 영운이가 법당을 나왔어요. 동자승 때, 법당의 마당 쓸기는 언제나 영운의 몫이었지요. 스님은 싸리비가 지나간 자리를 보며 말씀하셨어요.

"네 작은 손이 세상의 한 모퉁이 깨끗이 하는구나."

이제, 지팡이를 짚어야 겨우 걸음을 옮기는 노스님이 되셨어요. 영운이가 방문을 열고 무릎을 꿇었어요.

"스님, 오랜만에 인사 올립니다."

"나물 캐는 칼로 엄지만한 불상을 깎던 까까머리가 벌써 회갑을 넘겼다니……. 허허허!"

"나이만 먹어 부끄럽습니다."

"아닐세. 승복은 벗었지만 나무 조각가로 부처님을 기쁘게 한다는 소식은 듣고 있네."

"스님의 은덕입니다."

"옛날에는 차마 말을 못 꺼냈던 그 얘기를 해야겠네. 자네 모친은 몸이 성치 못해 절에서 요양을 했지. 부처님께 지극정성으로 빌고 빌었지. 결국 자네를 얻었지만 곧 세상을 떴네. 목수 일을 하느라 객지를 떠돌던 부친 역시 돌림병으로 그 뒤를 따라갔지. 먼 친척이 자넬 데려 왔을 때 부처님의 뜻인 줄 알았어. 부친을 닮아 어려서도 나무를 잘 다뤘지."

스님은 초등학교를 마친 영운을 서울로 보냈어요. 불교 미술의 맥을 잇는 유명한 스님의 시중을 들면서 가르침을 받게 했어요. 목공예, 불화, 불상 조각 등의 기초를 제대로 익혀야 한다고 믿었기 때문이에요. 몇 십 년이 지나자 영운은 목 조각가로 알려지게 되었어요. 사천왕상과 삼존불이 영운의 손에서 조각되어 빛을 보았어요. 영운이가 깎고 다듬은 나무 불상을 모신 절이 늘고 있었어요.

영운이는 전국의 산을 발로 밟으며 소나무를 찾았어요. 나이가 들면서 눈이 침침해지고, 조각도를 쥔 손끝도 옛날 같지가 않았기 때문이에요.

"스님, 33개의 하늘로 이뤄진 도리천을 날아오르는 보살상을 구현하고 싶었습니다. 이 땅의 소나무로 지난 10년 동안 32개의 보살상을 완성했습니다. 무한한 사랑을 주신 스님과 낳아주신 부모의 은공에 보답

할 때가 온 것 같습니다. 엄마 등에 업힌 것처럼 좋았던 그 소나무로 33번째 보살상을 만들겠습니다."

"이 모두가 부처님의 공덕일세."

다음날, 스님은 두 명의 장정을 불러들여 부탁했어요. 영운은 장정들의 뒤를 따라 산으로 향했어요. 무릎을 넘는 잡풀과 가시덤불로 엉긴 비탈길은 험했어요. 영운의 발걸음은 낯선 길에 지친 나그네가 고향을 찾듯 가뿐했어요. 우거진 숲 그늘 사이로 바위와 소나무가 얼핏 보였어요. 멀리서도 단번에 알 수가 있었어요. 영운은 바위 쪽으로 성큼 다가가 검푸른 이끼를 쓰다듬었어요. 소나무를 끌어안더니 굽은 등에 뺨을 대고 중얼거렸어요.

"엄마 어부바."

희끗희끗한 머리, 이마에는 주름까지 생겼어요. 그러나 목소리에는 어리광이 그대로 묻어났어요. 그 목소리는 나이테를 지나 뿌리까지 퍼졌어요. 굽은 소나무는 갑자기 혼란스러웠어요. 기쁘면서도 서럽고, 아프면서도 행복했어요. 그 사이 두 장정은 톱질에 힘을 쏟았어요. 얼마쯤 지났을까? 굽은 소나무는 기역자의 통나무로 땅에 누웠어요. 굵고 단단한 줄에 칭칭 감겨 옮겨질 준비까지 마쳤어요. 두 장정은 조용하면서도 빠르게 움직였어요. 인사도 나눌 틈이 없었던 바위는 멀어지는 뒷모습만 보았어요.

"소나무야, 네 소원은 꼭 이뤄질 거야!"

영운은 부처님께 108배를 올리며 새벽 예불을 마쳤어요. 작업실로 돌아와 껍질이 벗겨진 기역자 통나무를 보며 깊은 생각에 잠겼어요.

밤이 깊도록 불이 꺼지지 않는 작업실 문밖에 지팡이를 짚은 스님이 계셨어요.

"조각이란 기교로 나무를 깎는 게 아닐세. 나무 마음의 부처를 찾아 새겨야 하는 것이지."

그 순간, 굳은 살 박힌 손끝이 부드럽게 풀렸어요. 통나무를 깎는다는 생각은 이미 잊었어요. 보물찾기에 나선 아이처럼 가슴이 두근거렸어요. 나무 마음의 부처를 찾으려는 손놀림이 바빠졌어요. 손끝은 술래인양 신바람 나게 움직였어요.

어떤 날은 밤을 새워도 피곤한 줄 몰랐어요.

새벽 종소리가 사방으로 퍼질 때, 얇게 조각된 보살의 옷자락이 살짝 흔들렸어요. 춤추듯 들어 올린 두 팔에는 하늘거리는 구름옷이 감겨 있었어요.

입체 조각상은 얇게 저민 부분이 많아 끊어지기 쉬웠어요. 나뭇결이 살도록 칼끝을 예리하게 세워 깎고 또 다듬었어요. 마음을 모아 집중하면 손이 긁히고 베어져도 아픔을 느끼지 못했어요.

맑고 부드러운 기운이 보살의 얼굴에 감돌았어요. 매일 조금씩 표정이 살아나더니, 드디어 살며시 다문 입술은 온화한 미소를 머금었어요. '엄마 어부바' 라는 속삭임이 들릴 것만 같았어요.

조각상의 섬세한 마무리는 생 옻칠의 수많은 반복으로 이뤄졌어요. 소나무의 무늬와 색감을 살려내는 까다로운 손질이었어요.

마침내, 굽은 소나무의 마음 부처가 보살의 자태로 완연히 드러났어요.

'예술의 전당' 1층 전시실에는 33개의 입체 목 조각상이 전시되었어요. 그 중에서도 구름옷으로 하늘을 나는 보살상 앞에 사람들이 몰렸어요.

다소곳이 합장하는 사람들의 얼굴에도 보살의 미소가 번지고 있
었어요.

애락혜 박춘희(愛樂慧 朴春姬)

〈소년〉, 〈새교실〉 동화추천 완료, 〈소년중앙〉 창간기념 동화 최우수 당선
한국아동문학상, 불교아동문학상 수상
동화집 『달맞이꽃』, 『가슴에 뜨는 별』, 『들꽃을 닮은 아이』 등

묵주와 염주

반 인 자

햇볕이 온종일 비추는 산골 양지 마을이 있습니다.

그곳에 한 소녀가 살았어요.

그런데 얼굴은 귀엽고 예뻤지만 키는 유난히 작았지요.

학년이 올라가고 나이를 먹어가도 왠지 어린 소녀처럼 작았습니다.

키는 물론 손과 발, 손가락과 발가락까지.

눈도, 코도 게다가 마음까지 작아 친구들과 다투기도 자주 했어요. 꼬맹이, 꼬맹이라고 놀리니 화가 나지 않겠어요. 학교의 뒤 6백 살이나 된 초조나무 구석진 곳에 가서 홀쩍홀쩍 울기도 했지요.

왜, 요렇게 작게 낳았느냐고, 엄마한테 마구 심통도 부리고 투정도 했습니다. 짜증을 부리고 나면 엄마한테 왠지 미안하기도 했지요. 소녀의 마음도 한쪽 구석이 찌릿찌릿 아프기도 하면서…….

어릴 적부터 옷을 살 때입니다. 가게 주인이 습관처럼 하는 말이 있었습니다.

"밥 대신 죽만 먹었니? 남들 클 때 뭐했어?"

이 말을 들으면 가게 주인이 때려주고 싶도록 미웠지요. 하지만, 어쩔 수 없이 참았어요. 몸이 작으니 힘도 세지는 못했습니다.

힘도 세고 키도 커지고 싶어, 밥도 많이 먹고 다른 간식도 먹으면 꼭 배탈이 나곤 했어요. 그러니 조금씩 꼭꼭 씹어 먹어야 했습니다.

소녀는 나이를 먹어가면서, 노력하기에 따라 커질 수 있는 게 없을까? 밤에 자려고 자리에 들면 뒤척뒤척 고민 고민했어요.

그러다가 수녀가 되었습니다. 마음의 평수만은 조금씩이나마 하루하루 커지길 간절히 바라며 살고 싶었습니다.

그런데, 건너 마을에도 작은 소녀가 있었어요. 어릴 때 한 학년이었지요. 교실에서도 키가 작으니 맨 앞에 짝이 되곤 했어요. 자연스레 사이좋게 단짝 친구가 되어갔습니다.

간혹 뒷동산에 올라가 동요도 실컷 불렀어요. 작은 마음을 나누고 고민을 털어놓으며 위로도 하면서 자랐지요. 곱고 예쁜 색동추억을 차곡차곡 가슴에 저장해 놓기도 했습니다.

그 소녀도 작았기에 고민 고민하다 스님이 되었습니다.

그동안 더러 만나곤 했지요. 서로 어릴 적 고향의 옛 동산을 그리며 마음을 속닥거렸습니다.

어느 날입니다.

스님은 수녀님의 손을 잡고 불교 용품을 파는 가게에 들어갔어요. 수녀님 발에 꼭 맞는 신발을 선물했어요. 작은 발이 더 예뻐 보였지요. 스님과 수녀님도 만족한 듯 씽긋 웃었습니다.

"고마워."

그랬더니 수녀님이 염주알을 고릅니다. 염주알이 108개입니다. 수녀님 묵주알도 108개여서 수녀님은 묵주를 선물했어요. 그러자 스님은 수녀님에게 염주를 또 선물했습니다.

스님은 묵주로, 수녀님은 염주를 손에 들었습니다.

둘이서는 서로 빙그레 웃음을 띠며 고개를 끄떡 끄떡입니다.

하느님과 부처님도 껄껄 웃으며 기뻐하십니다.

오늘도 마음이 커지기를 열심히 기도 마중을 나갑니다. 따라서 손 마중, 발 마중도 함께 따라갑니다.

키가 큰 사람이나 작은 사람이나, 마음의 크기나 무게는 생각하기에 따라 다를 수 있겠지요.

수녀님과 스님은 어릴 때보다, 더 친절한 사이가 되어갑니다.

간혹 만나 차도 마시며 껄끄러운 속내도 털어놓습니다. 서로 위로하며 다정한 사이로 과일의 단맛처럼 익어가고 있습니다. 그러자니 수녀님과 스님의 애정은 더 돈독해 집니다.

어릴 적 우정이 먼 훗날 어른이 되어서까지 계속 이어갑니다. 고민도 행복도 서로 함께 다독다독 나누며…….

어릴 적 두 소녀는 이 세상에서 아름다운 마음이 커지길 바라는 귀한 보석으로 반짝반짝 빛이 납니다.

그 반짝임은 주위의 많은 사람들 가슴에도 꼭꼭 심어갑니다.

염주알과 묵주알로 날마다 새봄처럼 마음을 새록새록 키워갑니다.

연화심 반인자(蓮華心 潘仁子)
월간문학 동시 신인상(2004년), 평화신문 신춘문예 동화 당선(2008년), 대전일보 신춘문예 동화 당선(2008년), 색동회 동화 구연가 재능 시낭송가, 한국동시문학회, 불교아동문학회 회원. 한국아동문학 창작상, 성호문학상, 중봉조헌 문학상 수상.
수필집 『아침무지개』, 동화집 『상처입은 토끼의 꿈』, 『송화네 통통통 통통배』

반짝반짝 빛나는

손 수 자

작은 별들이 반짝반짝 수놓고 있는 하늘은 엄마 블라우스 같아요. 가운데 둥근 금 단추 하나 동그랗게 달린 예쁜 옷 말이에요.

할아버지 바람이 아기 바람을 데리고 여기저기 구경하다가 층층 아파트까지 왔어요. 벚나무와 함께 줄을 선 가로등이 멋져 보이는 곳이에요.

깜빡 졸고 있는 가로등을 따라 놀이터에 멈춰 섰어요.

"야, 그네다!"

"앉아보렴, 내가 밀어줄게."

할아버지 바람은 줄을 잡고 앞뒤로 살랑살랑 흔들어주었어요.

"아이, 재미있어!"

앞으로 뒤로, 올라갔다 내려갔다 아기 바람은 신이 났어요.

"인제 그만, 우리 저기 미끄럼에서 잠시 쉬자꾸나."

할아버지 바람이 앞장서 미끄럼에 오르다가 '쿵' 하고 엉덩방아를 찧었어요. 빨간 색종이를 닮은 아기 바람의 볼이 '팡' 하고 터지듯 웃어젖혔어요.

멋쩍은 할아버지 바람이 성큼 미끄럼틀 위로 올라갔어요. 아기 바람도 살살 따라 올랐어요.

"아, 달님!"

아기 바람은 자기도 모르게 두 손을 모았어요.

"밤마다 길을 잃지 않도록 지켜줘서 고맙습니다."

할아버지는 언제나 인사를 잘하는 바람이 되어야 한다고 하셨어요.

달님은 웃으며 아기 바람을 쓰다듬었어요.

"그래, 세상이 모두 네 마음처럼 아름다웠으면 좋겠다."

혼잣말처럼 중얼거리던 달님이 다른 곳으로 눈길을 주었어요.

"달님! 그런데……."

"허허, 바바야, 달님은 무척 바쁘단다. 귀찮게 굴면 안 된다고 했지."

"네, 할아버지."

바바가 태어났을 때 밤하늘을 보고 할아버지가 말했어요.

"우리 바람은 어디든지 갈 수 있지만 언제 사라질지 몰라. 하지만 달님은 하늘 높은 곳에서 밤이면 언제나 볼 수 있지. 가끔 심술궂은 구름이 가리거나 비가 내릴 때는 보이지 않지만, 늘 하늘에 있단다."

바바는 달님이 존경스러웠어요.

왜냐하면, 바바의 엄마와 아빠는 큰바람이 되어 사라져버렸어요. 사라진다는 것은 다시 볼 수 없는 것이라 너무 슬펐거든요.

그때 바바의 눈길이 닿은 곳이 있었어요.

"할아버지, 저기 수북하게 쌓여 있는 것이 뭐예요?"

"분리수거하는 곳이란다."

"분리수거라면 쓰레기를 종류마다 나누어 놓는 곳이잖아요."

"그래, 우리 바바! 여기저기 다니더니 똑똑해졌구나."

"다 할아버지 덕분이죠, 뭐."

아기 바람 바바는 엄지를 올려 할아버지 코앞에다 흔들며 으스댔어요. 하지만 할아버지는 웃지 않았어요. 이마에 깊은 주름을 만들면서 혀까지 끌끌 차면서 말이에요.

"잘 보렴, 분리수거함 밖으로 엄청나게 나쁜 마음들이 쌓여 넘치고 있구나."

"나쁜 마음이 어디 있어요?"

바바는 이리저리 살피면서 말을 이었어요.

"못 쓰는 종이랑 빈 병들, 플라스틱 통밖에 보이지 않는데요."

"자세히 봐, 분리수거할 물건마다 주렁주렁 달린 나쁜 마음들이 보이지 않니?"

바바는 눈을 크게 떴어요.

"정말, 저기 저 병 속에는 화가 많이 차있어요."

"그래, 저기 종이상자들 사이에는 미움이 가득 묻어 있지?"

"어, 슬픔이 잔뜩 든 상자들도 쌓여 있네요."

"저기 칭칭 감겨 있는 비닐 사이로 질투라는 마음이 삐죽 나와 있어, 보이지?"

아기 바람 바바도 마음이 편치 않았어요.

"할아버지, 좋은 마음들은 다 어디로 갔을까요?"

할아버지는 잠깐 생각하더니 말했어요.

"아마 꽃밭으로 가면 찾을 수 있을 거야."

"그럼, 좋은 마음을 찾으러 가요, 할아버지. 나쁜 마음만 보고 있으니 기분이 안 좋아요."

아기 바람이 재촉했어요.

"잠깐, 오늘 우리 좋은 일 하자꾸나."

"네, 할아버지. 좋은 일이라면 언제나 환영이에요."

아기 바람은 큰 소리로 말했어요.

"좋은 일을 하고 나면 한층 크는 것 같거든요."

할아버지 바람은 빙그레 웃으며 서둘렀어요.

"먼저 마음 상자를 일곱 개 만들자, 무지개 색으로 말이다."

"일곱 개나 만들어 어디 쓰려고요?"

"미움이 가득한 종이 상자를 분리하여 빨간 마음 상자에 담도록 해."

"알겠습니다. 할아버지."

"병에 가득 든 화는 주황 마음 상자에 담으면 되겠죠?"

"그래, 우리 바바. 잘하는구나."

바바가 병을 거꾸로 드니까 갇혀 있던 화들이 주르르 내려와 주황 상자에 담겼어요.

"그래, 질투라는 놈은 다치기 쉬울 테니 내가 노란 상자에다 담을게."

할아버지는 조심스레 질투를 분리하여 노란 상자에 넣었어요.

"할아버지, 슬픔은 너무 젖어서 꽤 무거운데요."

"그럼, 여기 초록과 파랑 상자에 나누어 담자꾸나."

주르르 흐르는 눈물과 함께 슬픔이 파란 상자에 담겼어요.

"남색과 보라 상자가 남았어요, 할아버지."

"거긴 좋은 마음을 가득 담아오자."

할아버지는 굽은 허리를 펴며 말했어요.

"인제 한 줄로 세워보자. 빨, 주, 노, 초, 파, 그리고 비어 있는 남색과 보라 상자까지."

아기 바람은 할아버지가 시키는 대로 나란히 줄을 세웠어요. 그리고 할아버지와 바바는 꽃밭으로 갔어요. 나비도 자고 벌레도 눈을 감고 있었지만, 꽃들은 부지런히 물을 올리고 있었어요.

"음, 너무 좋아, 이 냄새!"

아기 바람은 꽃 사이를 빙빙 돌면서 향기에 흠뻑 취했어요.

"예쁘고 아름다운 것들."

할아버지 칭찬에 꽃들이 하나, 둘 피어났어요.

"기쁘고 사랑스러워요."

"그래, 지금 쏟아져 나오는 마음들을 담아 남색과 보라 상자에 넣도록 하자."

신이 난 바바가 물었어요.

"할아버지, 이제 이 상자들을 어떻게 하죠?"

"재활용 공장으로 보내야지."

"재활용 공장이라뇨?"

"재활용 공장은 해님 나라에 있단다."

"여기 빨강에서 파랑까지 상자는 다시 좋은 마음으로 태어나게 하는 거야. 그때, 남색과 파랑에 담겨 있는 마음들을 조금씩 섞는 거지, 그러면 다 좋은 마음으로 변하게 된단다."

"안 좋은 마음도 좋은 마음 곁으로 가면 바로 달라지는구나."

"그렇지, 그렇고말고."

바바는 고개를 끄덕이며 할아버지를 쳐다보았어요. 할아버지가 너무 자랑스러웠어요. 그때, 달님이 불렀어요.

"바람 할아버지, 바람 할아버지!"

할아버지가 허리를 펴고 올려다보았어요.

"바람 할아버지. 감사합니다."

"덕분에 세상이 무척 아름다워졌답니다."

달님의 칭찬에 할아버지는 싱글벙글 입을 다물지 못했어요.

"바바야, 여기 선물이란다, 할아버지 대신 받으렴."

"선물이라고요?"

달님은 무지갯빛 장갑을 바바에게 끼워주었어요.

"이 장갑은 무거운 것을 가볍게, 힘든 것은 쉽게 할 수 있는 요술 장갑이란다."

"야! 고맙습니다."

바바는 남색과 보라 상자에 든 좋은 마음을 두 손으로 가볍게 들었어요.

"그럼 모든 상자를 재활용공장으로 보내도록 할게요."

"그래라, 바바야, 네가 건강하게 큰바람으로 성장할 때까지 지켜보고 있을게."

"네, 달님!"

환하게 웃는 달님의 금빛 이가 반짝반짝 빛났어요.

"이것을 사람들의 꿈에 흠뻑 뿌려 놓으면 세상은 더욱 아름다워질 거야."

그 밤, 엄마 블라우스에 달린 금단추 하나가 수많은 금단추로 쪼개졌어요. 모든 사람의 꿈속으로 들어간 금단추는 반짝반짝 빛나는 마음이 되었어요.

아기 바람 바바는 그날, 한잠도 못 잤대요.

연화심 손수자(蓮華心 孫秀子)
해강아동문학상, 눈높이아동문학상, 한국불교아동문학상 등 수상.
동화집 『단지엄마』 등.

한마디의 말

양 인 숙

"아함 잘 잤다."

염라대왕이 기지개를 활짝 키며 일어났습니다.

"마마 일어나셨습니까?"

두꺼비 판관이 장부를 들고 눈을 뒤룩거리며 염라대왕의 눈치를 살폈습니다.

"무슨 일이야?"

"그게 말입니다."

두꺼비는 얼른 말을 하지 못하고 망설였습니다.

"그래, 나가 있거라. 내 얼른 준비하고 나가마."

염라대왕은 두꺼비판관이 무슨 말을 하려는 것인지 다 안다는 듯 말했습니다.

잠시 뒤 염라대왕이 옷을 갖추어 입고 대청에 나타났습니다.

마루 아래로 밤새 저승으로 온 영혼들이 판결을 기다리고 있었습니다. 모두 울먹이며 두렵고 무서움에 벌벌 떨고 있었습니다.

"그래, 시작해 보자."

염라대왕이 자리에 앉자 두꺼비 판관은 장부를 펼쳤습니다.

장부에는 앞에 늘어서 있는 영혼들이 살던 곳과 이름이 적혀 있으며 이름 아래로 살았을 때 지은 죄와 복이 무엇인지 빼곡하게 기록되어 있었습니다. 오대양육대주에 살다가 죽으면 누구나 없이 여기 염라대왕 앞에 와서 판결을 받아야만 극락계로 가던, 중간계로 가던, 다시 환생을 하던, 지옥으로 가던 가게 되어 있습니다.

"많이도 왔구나. 그래 왜 이렇게 한꺼번에 많이 잡아 왔느냐?"

염라대왕은 판결을 해야 할 영혼들이 평소보다 많은 것을 보고 물었습니다.

"그것이 그러니까 요즘 지구에서 이상한 일들이 벌어지고 있어 그렇습니다."

"이상한 일? 장부를 이리 줘 봐라."

염라대왕은 두꺼비 판관에게서 장부를 받아들고 보다가 눈이 휘둥그레졌습니다. 이렇게 한 날 한시에 많은 영혼이 함께 오기는 오랜만의 일입니다. 1914년 세계 1차 대전과 1939년에 일어난 2차 대전 때도 이렇게 많은 영혼이 한꺼번에 오지는 않았습니다. 전쟁이 난 것도 아닌데 이거야 참.

마당을 가득 메운 영혼들을 하나하나 판결을 하려고 했다가는 염라대왕의 머리카락이 다 빠져버릴 정도로 힘들 것 같았습니다. 그래서 많은 영혼들을 한꺼번에 판결, 보낼 곳을 정할 방법을 찾았습니다.

"지금부터 내 말을 잘 들어라. 아파서 죽은 영혼은 오른 쪽, 나이 들어 죽은 영혼은 왼쪽, 느닷없이 죽은 영혼은 가운데 남거라."

그러자 잠시 웅성거리더니 왼쪽으로 오른쪽으로 나뉘었는데 가운데 있는 영혼의 숫자가 가장 많았습니다.

염라대왕은 왼쪽과 오른 쪽에 있는 영혼들을 대충 봐서 지옥으로 중간계로 천당으로 보내고 가운데 남아 있던 영혼들을 다시 구분을 하였습니다.

"천재지변으로 죽은 영혼은 왼쪽, 전쟁으로 죽은 영혼은 오른쪽 억울하게 죽은 영혼은 가운데로 서거라."

이번에도 가운데 서는 수가 많았습니다.

"왜 이렇게 억울한 죽음이 많은고?"

염라대왕이 두꺼비판관을 보며 물었습니다.

"그러게나 말입니다."

두꺼비판관도 알 수 없다는 표정입니다.

이번에도 왼쪽과 오른쪽의 영혼들을 먼저 처리하고 가운데 영혼들을 보고 말했습니다.

"그래, 이 많은 수가 억울하게 죽었다는 말인가?"

"저는 정말 억울합니다."

"저는 진짜 억울합니다."

"저 같이 억울한 사람은 없을 것입니다."

저마다 억울하다고 하는 바람에 소란이 일었습니다.

"자자 소란 떨 것 없다. 저울을 가져 오너라."

"예!"

두꺼비 판관이 저울을 가져왔습니다.

"자 하나씩 나와서 저울에 올라가 보거라."

모두 눈이 휘둥그레졌습니다.

"이 저울은 평소에 지은 죄의 무게와 선(善)의 무게를 재는 것이다. 죄의 무게가 무거우면 지옥으로 갈 것이고 선의 무게가 더 나가면 천당으로 갈 것이고 평행으로 비슷하면 사람으로 태어나게 해 줄 것이다."

영혼들이 술렁거리기 시작했습니다.

"어서 시행하라."

염라대왕은 저울 앞에 앉아서 하나씩 올라서면 무게를 봐서 구분을 하였습니다. 순식간에 그 많던 영혼들을 다 판결하여 보내버렸습니다.

"하이고 오늘도 다 처리하였구나. 너도 고생했다."

두꺼비 판관을 보고 말했습니다.

"아닙니다. 하나가 남았습니다."

"뭐, 남아?"

염라대왕이 이마에 갈매기모양의 주름을 만들며 말했습니다.

"어디? 어디에 남았다는 말이냐?"

"네 방금 도착한 영혼인데 풀 베는 기계에 치어 도로에서 뒹굴며 올락말락 하기에 그냥 데려왔습니다."

"그래, 그럼 그냥 네 맘대로 보내버려."

"아닙니다. 그것은 마마의 권한이지 제 권한이 아닙니다."

두꺼비판관의 말에 염라대왕은 귀찮다는 듯이 말했습니다.

"그래, 저울 치우기 전에 너도 얼른 올라가거라."

"하이고 어찌 저 같은 것이 저울에 올라갈 수 있겠습니까? 제 말을 들어보시고 대왕마마께서 판결해 주십시오."

"거 조그마한 것이 귀찮게 하는구나. 그래, 너는 어찌 살다가 왔느냐?"

"네 저는 다람쥐의 몸을 받고 태어났습니다. 남을 헤치지도 않았고 누구에게 피해를 주지도 않았습니다. 먹을 것을 구하면 두 손으로 공손히 기도하며 먹었습니다. 절간 옆에 살면서 해가 뜨고 질 때마다, 종소리가 들릴 때마다 기도하며 살았습니다."

다람쥐의 탈을 쓰고 살았다는 영혼은 눈물을 흘리며 말했습니다.

"그래, 어디보자. 산속에서 살면 죄지을 일도 없을 것인데?"

염라대왕은 손에 들고 있던 거울을 들여다보다가 고개를 번쩍 들었습니다.

"네끼 이놈. 너는 지옥으로 가야겠다."

"아니, 지옥이라니요? 제가 뭘 잘못하였기에 지옥으로 가란 말입니까?"

"자, 네가 지옥으로 가야하는 이유를 보아라."

염라대왕이 보여주는 염부경에는 다람쥐 한 마리가 친구에게 '밤이야. 이거 먹어' 하면서 상수리를 주는 장면이 보였습니다.

"잘 보았느냐? 죄 중의 가장 큰 죄가 나보다 못한 이를 놀리고 속이는 일이다. 너는 상수리를 주면서 밤이라고 놀리지 않았느냐? 그러고서 어찌 극락세계 가기를 바란단 말이냐?"

"아닙니다. 저는 친구를 놀리지 않았습니다. 그것은 친구가 슬픈 일이 있어 저녁을 먹지 않았기 때문에 밤이 되었으니 먹고 자야한다는 그런 말이었습니다. 저는 결코 친구를 놀린 적이 없습니다."

"그래? 진심으로 그랬다고?"

염라대왕이 얼굴에서 웃음기를 거두며 말했습니다.

"제가 감히 거짓말을 하겠습니까?"

다람쥐는 염라대왕을 흘낏 보고는 말했습니다.

"그래, 내 너의 말을 믿는다. 그래, 그럼 너는 극락세계 가거라."

염라대왕이 내키지 않는다는 표정으로 말했습니다.

"하이고 대왕마마 저는 극락세계로 가기를 바라지 않습니다. 환생하게 해 주소서!"

"뭐라? 환생?"

"네 저는 환생하기를 바랍니다."

"그러면 고양이로 태어 나거라."

"하이고 무슨 섭섭한 말씀을. 저는 사람으로 태어나고 싶습니다."

"뭐라고? 사람으로 태어나고 싶다고?"

"제발 비옵니다."

"이것은 빈다고 될 일이 아니다. 환생을 하는 데도 다 순서가 있는 법. 어찌 다람쥐에서 바로 사람으로 태어난단 말이냐?"

"이렇게 비옵니다. 제발 사람으로 태어나게 해 주십시오. 아니면 방법만이라도 알려 주십시오."

"방법? 다람쥐로 살다가 환생을 할 때는 사람으로 태어나는 방법이라?"

이때 두꺼비판관이 염라대왕의 귀에 대고 뭐라 귓속말을 했습니다.

"방법이 전혀 없지는 않지. 그래 사람으로 태어나면 무엇을 하려고 그러느냐?"

염라대왕이 심각한 얼굴로 물었습니다.

"네에, 제가 사람으로 태어나면 앞이 안 보여 뱀에게 잡아먹힌 친구를 도와주고 저희 같은 작은 동물들이 마음 놓고 살 수 있는 숲을 가꿀 생각입니다."

영혼의 말을 듣고 보니 그럴 듯 했습니다. 염부경 속에는 도로에 누워 버둥거리는 다람쥐의 모습이 보였습니다. 다람쥐를 살리든지 데려다가 다시 태어나게 하든지 판결을 내려야만 했습니다.

"그래, 사람으로 산다는 것이 그리 쉽지는 않을 것이다. 그런데 네가 한 말을 책임질 수 있겠느냐?"

"하이고. 더 이상 다람쥐로 살고 싶지 않습니다. 뱀에게 쫓기고 삵에게 쫓기고 부엉이에게 쫓기는 것보다 낫지 않겠습니까? 어서 방법이나 일러주십시오."

"그래, 만약에 그 방법대로 안 되면 너는 지옥으로 갈 것이다."

"알겠습니다. 어찌하면 사람으로 환생을 할 수 있습니까?"

"네가 사람이 되려면 다람쥐의 몸이 사라지기 전에 인간으로 태어나라는 말을 세 번을 들어야 한다. 세 사람에게 듣든지 한 사람에게 세 번을 듣든지 어찌 되었건 '인간으로 태어나거라' 라는 말을 세 번을 들어야만 너는 인간으로 태어날 수 있을 것이다. 낙타가 바늘귀를 통과하는 것보다 어려운 일이니라. 그래도 하겠느냐?"

영혼은 잠시 머뭇거렸습니다.

"저 제가 대왕마마께 아주 귀한 것을 바치면 조금 더 쉬운 방법을 알려주실 것입니까?"

"허 요놈 봐라. 그래 나하고 협상을 하자는 것이냐?"

"어찌 안 되겠습니까?"

다람쥐의 제안에 염라대왕도 두꺼비 판관도 어이없어 웃었습니다.

"쉬운 방법을 일러준다면 무엇을 주겠느냐?"

"네에, 제가 살던 숲 속에 황금덩이가 있는 곳을 알려드리겠습니다."

"황금?"

"네. 아주 많이 있습니다."

"네끼 이놈. 우리가 황금덩이가 무슨 필요가 있겠느냐. 뇌물을 쓰려거든 적당한 곳에 쓰거라. 고놈 참!"

이때 염부경 속에서 소리가 났습니다. 등산을 하고 내려오던 아주머니였습니다.

"하이고 불쌍해라. 어쩌다 죽었을까?"

다람쥐는 손을 쥐며 한마디를 기다렸습니다.

'다음에는 인간으로 태어나거라'

그러나 그러고는 가버렸습니다.

"아, 아깝네! 한마디만 해주지."

그래도 희망은 있었습니다. 아직 해가 지지 않았기 때문에 사람들의 발길이 끊긴 것은 아니었습니다.

그러나 아무리 기다려도 사람이 나타나지 않았습니다.

"안 되겠다. 약속대로 너는 지옥으로 가거라."

"하이고 대왕마마 조금만 더 기다려 보십시오. 아직 해가 지지 않았습니다."

그때 마침 염부경 속에서 또 소리가 났습니다. 학교에서 돌아오던 아이였습니다.

"엄마야, 귀여운 다람쥐가 죽었네. 지나가는 차에 치었나보구나. 조심하지. 하늘나라로 가거라."

아이는 그렇게 기도해주고 다람쥐의 시체를 풀밭으로 밀어주고 돌아보며 갔습니다.

"인간으로 태어나라는 말은 안 했으니 무효."

염라대왕이 귀찮다는 듯이 말했습니다.

"너 때문에 하루 종일 아무것도 할 수가 없다. 이제 그만 지옥으로 내려가거라."

"아닙니다. 아닙니다. 아직 시간이 있습니다. 밭을 일구는 할머니가 아직 집으로 들어가시지 않았습니다. 그 할머니는 반드시 내 몸을 묻어줄 것입니다."

"임마. 뭘 믿고 그래, 그 노인도 마찬가지일 것인데."

"그래도 마지막까지는 기다려 봐야지요."

염라대왕은 어서 가라하고, 다람쥐는 기다린다 우기니 답답한 것은 두꺼비판관이었습니다. 그 사이 끌려온 영혼들이 즐비하게 줄을 서서 이 광경을 지켜보고 있었습니다.

"야, 바쁘다. 그만 약속대로 지옥으로 가거라."

그때였습니다. 염부경에서 소리가 들렸습니다.

"하이고 어쩌다 그랬냐? 조심하지. 옴 아모카바이로차나마하무드라 마니 파드마즈바라 프라바룻타야 훔, 다음에는 인간으로 태어나거라. 인간으로 태어나서 좋은 일 하거라. 그래도 인간으로 태어나는 것이 좋은 일이란다."

허리 구부러진 노인은 광명진언을 외며 들고 가던 호미로 다람쥐의 시체를 들어다가 길섶 흙을 파고 묻었습니다. 다 묻고 다독다독 무덤을 다독이는 할머니의 손에 무엇인가 잡혔습니다.

"이것이 뭘꼬?"

할머니의 손에는 작은 금덩이가 쥐어져 있었습니다.

월하연 양인숙(月下蓮 梁仁淑)
아동문학평론신인상(1993), 조선일보신춘문예, 대산창작기금 수혜, 화순문학상 광주문학상 등을 받았으며, 작품집으로는 『웃긴다웃겨 애기똥풀』, 『뒤뚱뒤뚱 노란신호등』, 『담장 위의 고양이』, 『셸리와 머피』, 『덕보야 용궁가자』, 『달을 건진 소녀』 등을 펴냈으며 현재, 초등학교 글쓰기 전담, 보성문화원 설화조사연구원으로 활동하고 있다.

까치 행자

오 해 균

"까순아, 까순아!"

스님이 먼 산을 바라보며 누군가를 찾습니다.

순간 까치 한 마리가 재빠르게 날아와 스님의 어깨에 앉았습니다.

"와!"

스님 앞에 앉아 있던 아이들이 박수를 치면서 스님과 까치의 묘기대행진에 환호를 하였습니다.

까치는 놀라는 기색도 없이 연신 스님의 왼쪽 볼에 자신의 얼굴을 비벼댑니다.

수리산 남쪽 기슭에 있는 작은 절 심등사의 보현스님은 왼쪽 팔이 없습니다.

간혹 장난 끼 있는 사람들이 외팔이 스님이라 놀려도 늘 하하 웃으시며 노여워하지도 않고 오히려 외팔이라 좋은 점도 있다고 하면서 수긍을 하십니다.

까치와 스님의 인연은 이 년 전 봄으로 거슬러 올라갑니다.

이 년 전, 어느 봄날의 이른 아침 까치 한 쌍이 자지러지게 울면서 도움을 청하는 소리가 들립니다.

무슨 일인가 하며 밖으로 나온 스님은 주위를 살폈습니다.

'이상도 하지, 낯선 사람도 없는데 왜 저럴까?'

하면서 자세히 살펴보니 법당 앞 큰 참나무 아래에 알에서 부화한지 얼마 되지 않은 까치새끼가 작은 날개를 퍼덕이며 날지는 못하고 끽끽거리기만 하였습니다.

가엾다는 측은지심이 일자 스님은 작은 바구니에 새끼를 담고 까치 둥지가 있는 나무에 오르기 시작했어요.

그러나 연약한 비구니스님의 몸으로 나무 꼭대기 둥지까지 오르기는 무리인 듯 3미터를 올라가고는 오도 가도 못하는 신세가 되고 말았습니다.

'내가 나무를 타는 게 아닌데, 이거 큰일이네'

혼자만 계시니 누구를 부를 수도 없었답니다.

순간 스님이 발을 받치고 있던 나뭇가지가 부러지고, 아침이슬이 덜 마른 나무에서 그만 주르르 미끄러지면서 추락을 하면서 아래에 있는 바윗돌 모서리로 왼팔이 부딪치면서 팔이 부러지는 큰 상처를 입고 말았습니다.

'아이고, 내 새끼.'

스님은 팔이 부러진 줄도 모르고 바구니의 까치새끼부터 살펴보았습니다.

다행히 무사했고 여전히 작은 목소리로 어미를 부르며 작은 날개를 퍼덕이고 있었답니다.

간신히 몸을 일으킨 스님은 까치새끼를 안고 거처로 돌아와 까치새끼를 담은 바구니에 작은 헝겊을 깔아 주었습니다.

까치에 정신이 팔려있던 스님은 순간 자신의 왼쪽 팔이 자신의 의지와는 상관없이 움직이지 않는다는 걸 알았고, 그때부터 아픔이 밀려오기 시작했습니다.

스님은 아랫마을 사는 신도에게 도움을 요청하는 전화를 했어요.

"보현스님 이른 시간에 어쩐 일이세요?"

"거사님 제가 어쩌다보니 팔이 부러졌어요, 차 좀 몰고 오셔야겠어요?"

"아이고 무슨 일이래요, 스님 큰일 났네."

멀쩡하던 스님의 왼팔은 이런 사연으로 그만 잃고 말았습니다.

병원에서 치료를 했는데도 파상풍에 걸려서 결국은 왼팔을 자르고 말았답니다.

까치 때문에 팔을 잃은 것은 생각도 않고 스님은 어미 품을 떠난 새끼까치를 정성스레 키워주었지요.

애벌레를 잡아서 먹이고 늘 옆에서 보살펴 주니 날 때가 되었는데도 날지도 않고 종종 걸음으로 스님만 쫓아다닙니다.

가끔 깍깍거리며 앞마당에서 새끼를 찾던 어미들도 제 새끼가 스님의 보살핌으로 잘 크고 있는 게 안심이 되었던지 이제는 거들떠보지도 않는답니다.

기도를 하면 옆에 앉아서 조아리고, 잠을 잘 때도 늘 스님의 다리 끝에서 잠을 잡니다.

사람들은 그런 까치를 까치행자라고 불러주었고, 스님은 그때부터 까순이라는 이름을 지어 주었답니다.

까치와 스님의 이야기는 여기저기 퍼져나갔고 한적하던 심등사에 많은 사람들이 몰려왔습니다.

때로는 강아지를 데리고 와서 까순이를 놀라게 하고, 검은 산고양이 녀석도 자기 먹이인 줄 착각을 하고 호시탐탐 기회를 노립니다.

스님은 까순이에게 날 수 있는 법을 가르쳐야겠다는 생각을 하였습니다.

우선 먹이를 줄 때부터 손의 높이를 점차 높여가면서 주기 시작했답니다.

처음에는 무릎높이에서 다음날은 어깨높이에서 그 다음날은 머리높이에서 주다 보니 퍼드득 퍼드득 날개 짓을 하며 잘도 받아먹습니다.

그러기를 지속하다 이제는 안고서 하늘 높이 날려 보았습니다.

한참 주위를 뱅뱅 돌며 날더니 스님의 어깨에 사뿐히 내려앉는 것입니다.

어쩌면 까순이는 날 수 있으면서도 스님과 함께 있으려고 날지를 못하는 척 했을 수도 있다는 생각이 들었습니다.

스님의 정성스런 훈련에 잘 적응을 해서 까순이도 이제는 먼 하늘도 날아다니고, 나무꼭대기에서 심등사에 누가 오는지를 살펴보고 낯선 이가 오면 깍깍 울면서 스님에게 신호를 줍니다.

어느 늦여름 늦은 오후입니다.

"까순아, 까순아!"

귀가 밝은 까순이는 어디선가 금방 날아와 스님의 어깨에 앉아서 스님 얼굴을 비비고 재롱을 떱니다.

"오늘은 스님하고 뒷산에 버섯을 따러가자."

태을봉 남쪽 골짜기에 귀한 싸리버섯이 가끔 눈에 띕니다.

비밀스런 장소라서 등산객의 눈에는 안보이고 스님 눈에만 띄는 맛난 버섯입니다.

작은 바구니를 들고 까순이와 산행을 나선 스님은 버섯을 따다가 그만 미끄러져서 다리를 다쳐서 일어설 수가 없을 정도로 마비가 오고 꼼짝달싹 할 수가 없었습니다.

"누구 없어요, 누구 없어요."

인적이 드문 곳이라 대답도 없었습니다.

스님은 까순이를 불렀습니다.

"까순아, 까순아!"

나무 위에서 세상 구경을 하던 까순이가 스님에게 왔습니다.

"까순아 스님이 다리를 다쳤구나, 어쩌지?"

까순이도 안타까워서 날개 짓을 하며 울기만 합니다.

시간은 흐르고 날은 어두워지고 스님은 앉아서 손으로 풀숲을 헤치며 미끄러지듯 앞으로 나가보아도 몇 미터 못 가 지치고 말았습니다. 이때 까순이가 뭔가 생각이 난 듯 하늘을 날아 어디론가 가 버렸습니다.

한편 절에서는 공양주보살님이 뒷산에 버섯 따러간 스님이 오시지 않아서 걱정을 하고 있었습니다.

"까악 까악"

갑자기 까순이가 날아와 미친 듯 울었습니다.

공양주 보살님이 바라보니 마치 자기를 따라 오라는 듯 낮게 날면서 자신을 따라 오라고 표현을 하는 듯합니다.

까치를 따라 부지런히 산길을 올라가다보니 다리를 다친 스님이 앉아 있었습니다.

"스님, 어떻게 된 일이래요?"

"내가 버섯을 따다 그만 이렇게 됐어."

"까순이가 저를 여기로 안내를 했어요, 정말 큰일 날 뻔했어요."

"까순이가 행자노릇을 제대로 하네."

공양주 보살님은 스님을 부축하여 무사히 절로 돌아왔고, 응급차를 불러서 병원에서 치료를 하였습니다.

다행히 크게 다치지는 않아서 얼마 후 완쾌가 되었습니다.

이후로도 까순이와 보현스님의 우정은 깊어지고, 소문이 온 나라에 퍼져 많은 사람들이 까순이의 재롱을 보러 심등사에 놀러왔답니다.

영각 오해균(影覺 吳海均)

1955년 충북 청원에서 나서 불교문학과 불교음악에 전념하고 있다. 세광 음반 대표로 작사·작곡 및 음반제작자로 수많은 기성가수를 배출했으며, 전국의 산사음악회는 거의 독점하고 있다. 대한민국환경대상, 용호연 예대상, 대한민국찬불가요대상 등 많은 상을 받았고, 현재 가룽빈가소리 봉사단 단장으로 일하며, 장편 불교소설을 쓰고 있다.

섬 마을 흰 까치

윤 사 월

　중소도시 변두리엔 아파트 빌딩숲이 늘어가고 인접한 농촌에는 낡은 초가집과 기와집도 헐리고 붉은 벽돌로 지은 이층집이 들어서고 있었습니다. 그런데 이곳 임당마을에는 옛날 그대로 옥산댁의 토담집이 있습니다. 그런 토담집 돌담에는 반 남아 썩어가는 괴목나무가 서 있고, 우듬지에는 헌 까치집 위에 새 까치집이 이층으로 지어져 있었습니다.

　아침으로 반갑다고 짖어대는 까치소리에 오늘도 구순이 넘은 옥산댁은 어려서 집을 나간 아들 영식이를 생각합니다. 식구라고는 그 하나 믿고 홀로 살아온 옥산댁은 지금 중풍으로 지팡이에 의지하고 있습니다. 문설주가 낮아 토담집 단칸방에 기어들고 기어나가는 처지라, 전라도 침쟁이도 찾아오면 키가 커서인지 툭— 받아치기로 이마에는 뿔이 나고 해서 늘 불안한 마음으로 들락거리는 형편입니다.

　옥산댁은 까치들을 지극히 사랑하여 돌담에 올려놓은 빈 쟁반에 음식찌꺼기를 모아두고, 자기는 굶어도 집나간 자식인양 생각하고 있었습니다. 동네 이웃들이 제삿날과 잔치 끝에 가져 온 떡, 과일, 나물, 더러는 생선토막과 사육 짐승 살코기도 까치들은 깡그리 먹어치웁니다.

　그런데 올봄 들어 몸 전체가 하얀 까치 한 쌍이 어디서 날아왔는지 살고 있어, 온 동네가 경사로 알고 주민들은 쳐다보고 신기하게 여기고 있었습니다.

지난날 정신이상으로 집나간 아들 생각에 해가 갈수록 어디 가서 굶는지, 거지가 되어 낯선 거리 헤매고 길을 잃어서 집을 못 찾아오는지, 자나 깨나 근심이었습니다. 일찍이 남편과 사별하고 아들마저 가출하고 나니 홀로 외로운 나날을 보냈습니다. 젊어서는 동네 삯바느질과 궂은일은 도맡아 했고, 지금은 고혈압에 뇌출혈로 반신불수가 되어 겨우 한 쪽 수족을 이용, 불편한 고통의 세월을 보내고 있습니다. 그 고통을 이기는 힘은 살아생전에 아들이 돌아와 얼굴이라도 한 번 보고 죽겠다는 간절함이었습니다.

개울 건너 말벗인 의성댁 역시 자식 없는 독신 할매로 치매가 와 사람들을 옳게 알아보지 못하더니, 동네 고샅길에서 이삿짐을 나르던 차에 치어 즉사한 다음, 이야기 나눌 사람이 없어 홀로 앉아 먼 산을 바라보는 우두커니가 되었습니다.

흰 까치가 날아온 뒤부터는 많은 사람들이 찾아왔습니다. 특히 아이들은 장난이 심해 물 먹는 박쪽을 깨고 화장실을 더럽히는 등 여간 성가시는 것이 아니었습니다. 그렇다고 사립문을 잠그고 살 수도 없는 이 마을 풍속입니다.

대문 안집 고봉할매도 홀로 살고 있습니다. 옛날에는 부잣집으로 이름났으나 지금은 외아들이 전답과 임야를 몽땅 팔아 서울 가서 사업마저 실패하고 말아 고생이 이만 저만이 아닙니다. 한때 아들이 잘 나갈 때 편안히 모신다고 하여, 서울 아들집에 갔지만 대도시가 생활에 맞지 않아 다시 시골로 내려와 텅 빈 기와집만 지키고 있었습니다.

옥산댁은 철따라 찾아오는 침쟁이만 보면 반가워 고봉할매와 같이 침을 즐겨 맞는 지가 벌써 삼십년이 지났습니다. 고봉할매는 올 정초에 문턱 밑에 있는 디딤돌을 헛짚어 그 자리에 나동그라진 후 허리를 크게 다치고 반신불수가 되었고, 옥산댁은 나이가 들어갈수록 수족부터 말라들어 고목처럼 굳어지고 가늘어져 힘없이 사그러들고 있었습니다. 여기에 고봉할매는 젊은 시절에 남편이 심한 바람을 피워 울화를 다스리기 위해 그때부터 담배를 피우기 시작했는데, 젊어서 모은 재산 아들이 깡그리 잃고나서부터는 더욱 손에서 담배를 놓지 못하게 되었습니다. 가래, 기침이 심하고 얼굴에 검버섯이 돋아 볼썽사나워졌습니다. 그래도 동네 노인들은 위로하느라고 할매 얼굴의 검버섯은 저승꽃이 핀 것이라고, 그러면 오래 산다고, 덕담을 해왔습니다.

옥산댁은 담배는 피우지 않아 정갈하고 비록 마루도 없는 토방으로 기어드는 집일지라도 우측 성한 손으로 털고 닦고 하여 젊은 시절 습관이 늙어서도 성실 그대로 생활을 이어왔습니다. 해마다 사월 초파일은 가까운 장림사에 가서 아들 이름으로 연등불을 켜고, 법당에 앉아 백팔 염주를 한 알씩 넘기며 관세음보살 명호를 부르며 마음을 편하게 다스리는 생활이 평생 습관이 되었습니다.

흰 까치가 유난히 짖어대던 날 아침 반가운 편지가 날아들어 왔습니다. 생사를 모르던 영식이 편지였습니다. 6·25 동란 전에 집을 나갔으니 벌써 60년이 지난 오늘 첫 소식이 먼 전라도 외딴 섬의 주소였습니다.

얼마 전 흰 까치 발목에서 풀어 떨어진 헝겊쪼가리에 쓰인 주소였습니다. 설마하고 옆집 중학생을 시켜 편지를 띄웠지만 소식이 없어 그만 포기 했었는데 오늘 기쁜 소식이 온 것입니다. 참으로 신기한 일이었습니다. 얻어먹는 떠돌이 거지 생활로 돌고 돌아 성하지 않은 정신으로 발길 닿는 대로 가고 또 가다가 먼 섬까지 이르러 마지막 어부 집에서 심부름을 하며 그저 밥만 얻어먹고 지냈는데, 죽기 전에 노모님이 살아 계신다면 만나보고 싶다는 것이 어부 집 손자인 초등학생을 통해 쓰여진 편지 내용이었습니다.

이에 깊이 생각해 봅니다. 중풍인 바람병이 와 전라도 침쟁이 침을 맞고 죽음을 면했고, 또 아들이 전라도 땅에 살아 있다는 소식으로 전생에 전라도와 인연이 깊었던가 싶었습니다. 이에 비몽사몽간에 옛날 전생에 전라도 어느 바닷가에 바지락조개를 파서 생활하던 손놀림. 그래서 생꼬막, 명조개, 바지락 등 생물을 까내는 칼끝 손놀림이 젊어서부터 남달리 익숙한 것으로 보아 전생에 전라도 섬사람이 아닌가 생각된 것입니다. 어쩌면 전생에 바닷가에서 살았던 그 섬 집에 지금 아들 영식이가 살고 있다고. 그때는 섬마을에서 제일 부잣집으로 없이 사는 마을 사람들에게 세도를 부리며 멸시하고 하인처럼 부려먹던 잘못된 인과로 오늘날 이렇게 고통을 받는다고, 전생의 기억을 더듬어 보고 참회합니다.

영식이가 살고 있는 섬마을 주인 집 돌담에 선 괴목나무에도 까치집이 있었습니다. 그 까치집에서 떨어진 새끼 한 마리를 주워다가 상처 난 발목을 헝겊으로 동여매고 치료해 열심히 길렀고, 그 까치 발목에 감은 나일론 헝겊에 전라도 주소를 써서 날려 보냈던 것이 삼년 후 경상도 경산 땅 임당마을까지 날아와 어머니인 옥산댁의 눈에 띠인 것인데, 참으로 기이한 일이었습니다. 두 번째 편지가 날아왔습니다. 지금 아들 영식이는 칠십을 넘긴 노인으로 지금도 정신이 옳지 않고, 거기에 중풍이 와 거동이 어렵다고 이제 죽을 날만 바라고 있다고 했습니다. 외로운 홀애비 한 평생 마지막으로 생모가 살아 계신다고 하니 얼굴이라도 한 번 보고 죽는 것이 소원이라고 했습니다.

이제 어머니도 아들도 중풍이 들어 거동이 부자유스러우니 어찌하면

상봉할까? 그래도 노모가 아들 영식이에 비하면 성한 편이니 나설 수밖에 없다고 판단 가산을 정리하고 곧 전라도로 떠나는데 폭풍으로 인해 군산에서 며칠간 묵어 집을 떠난 지 열흘이 지났습니다. 그렇게 불어대던 바람과 비는 멎고 청명한 날 선유도 방면 연락선에 오르게 되었는데 이상한 것은 초행인데도 신시도, 무녀도, 선유도 고군산군도 바다풍경이 하나도 낯설지가 않아 보였습니다. 그것은 전생에 이곳에 살았던 기억으로 고향 섬마을 옛 풍경이 안온한 기분으로 다가오는 현실이었습니다.

암벽에 부딪는 파도와 돌담에 선 정자나무가 더욱 그랬으며, 참으로 다정다감한 옛날의 기분이었습니다. 두 모자 상봉은 60년이 지난 기쁨의 눈물 속에 이루어졌습니다. 그러나 두 모자의 호호백발은 긴 세월을 말해주고 있었습니다. 아들 영식이가 거처하는 주인집 안노인은 독실한 불교신자였고, 그 집 돌담에 선 괴목나무에도 헌 집 위에 이층집 새 까치집이었습니다. 그 까치집에는 흰 까치 내외가 살고 있어 이날따라 반갑다고 유난히 짖어대고 있었습니다. 그런데 이 집에 와 보니, 이 집 아들 역시 정신이상으로 집나간 지가 오래되어 돌아오지 않았고, 이 집 주인은 영식이를 가엾이 여기고 지난날 가출한 자기 아들 대신 영식이를 보호해 왔던 것입니다.

　　육도로 윤회하는
　　업보와 인과응보
　　섬마을 흰 까치
　　경산땅 오고갔네
　　새들만 오고갔나

인생도 오고갔네

잔잔한 바다 고군산 무녀도는 아침 해님이 불끈 솟아오르고 있었습니다. 그 해님을 향하여 옥산댁은 조용히 두 손을 모으고 다음과 같이 소원을 빌고 있었습니다.

우리 두 모자는 전생 죄가 많아 이생에는 질병고통 빈천보를 받았지만 선근공덕을 심어 오는 세상은 고통 없는 천상에 나게 해 주옵소서. 자비하신 부처님께 빌고 또 비옵니다.

"나무아미타불, 관세음보살"

선해 윤사월(禪海 尹麝月)
'아동문학' 과 '한국시' 로 등단
동화집 『해와 달과 별』 등 세계문학 동화부분 대상 수상
경수사 창건주. 명예문학박사

눈사람 셋

이 수 경

　"할아부지는 엉터리야. 눈사람이 뭐 이래 작아."

　"눈사람이라고 모두 크란 법 있냐?"

　정훈이가 아침밥도 안 먹고 마당에 나와 만든 눈사람이다. 장독 눈이 랑 하우스 눈, 모두 깨끗한 눈만 끌어 모아서 만들었다. 세상에서 제일 큰 눈사람을 만들자고 해 놓고선 에게게— 기껏해야 소금 항아리 두 개 포개 놓은 것처럼 이렇게 작은 눈사람을 만들다니 실망이다.

　"뒷집 홍준이는 자기 할아부지랑 뒷담보다 높게 만들었다고요!"

　"아, 갸네 할아비는 키가 크잖네. 이 할아비는 작고."

　"의자 놓고 올라가면 되잖아!"

　정훈이는 입을 쭈욱— 내밀었다. 홍준이네와 정훈이네는 모두가 티 격태격이다. 얼마 전엔 홍준이네 닭 다섯 마리를 정훈이네 강아지 통이 가 다 물어 뜯어 죽인 일이 있었다. 그것 때문에 결국은 정훈네 할아버 지와 홍준이 할아버지가 온 마을이 떠나가라 소리소리 지르며 싸웠다. 말인즉슨 정훈이네 할아버지는 그 닭 다섯 마리가 정훈이네 고추밭 고 추를 다 쪼아놔서 밭을 망쳐놨을 때도 물어내란 말을 안했다는 것이다. 어디 그뿐이랴. 정훈네 할아버지가 잡은 미꾸라지 삼십 마리, 대야에 담아 뒀는데 홍준이네 고양이가 와서 다 먹은 일도 고양이한테 발만 몇 번 굴렸지 참았다는 것이다. 그런데 닭 값을 물어내라고 하나. 분을 못 삭이던 정훈네 할아버지가 결국 닭 다섯 마리 값을 물어준 다음부터는 늘 예민하다. 학교에서도 마찬가지다.

홍준이는 정훈이와 같은 나이 여덟 살이다. 받아쓰기 점수만 나와도 비교를 당한다. 선생님이 오늘 더하기 문제를 물어봤는데 홍준이가 손 들고 몇 번 발표를 했다라든지, 정훈이는 그림일기를 잘 그려서 '참 잘 했어요!' 도장을 받았다든지 하는 거 말이다. 아무튼 사사건건 비교를 하며 할아버지들끼리 싸운다. 그럴 때마다 정훈이는 약이 오른다. 늘 아슬아슬하게 지기 때문이다. 그래서 이번만은 이기고 싶었다. 기를 확 눌러주고 싶었다.

"야, 눈사람 만들어서 키 재자. 더 키가 큰 눈사람이 이기는 거야."

어젯밤에 눈이 내리는 걸 보고 홍준이가 싱글거리며 말했다.

얄미운 자식. 제가 이길 거라는 걸 이미 알고 있는 듯했다. 하지만 짐 짓 모른 체 하며 큰소리를 쳤다.

"이긴 사람 업고 저 언덕에 조팝나무까지 뛰어가기 어때?"

정훈이가 정자나무인 조팝나무를 가리키자 홍준이가 빙글거렸다.

"그래? 네가 이길 거라는 생각이야? 좋아. 내일 아침에 아무튼 보자!"

그런데 이게 뭐야. 홍준이네 눈사람을 이기기는커녕 놀림이나 안 받 았으면. 눈사람이 나랑 키가 똑 같다. 정훈이 키는 딱 130. 정말 에게 게—다.

할아버지가 눈사람 몸통을 만들 때 얼른 뛰어가서 홍준이네 눈사람 을 보았는데 정말 정훈이 눈을 의심했다. 정말 키가 컸다. 마루높이까 지 올랐으니까 곧 처마 끝에 닿을 것 같았다. 마음이 급했지만 할아버지는 느긋했다.

"할아부지는 내 맘 몰라."

정훈이가 입을 삐죽 내밀자 할아버지가 싱긋 웃으며 말했다.

"더 크게 해주랴? 할아비 밀짚모자 씌우고, 저기 저 깃발을 갖다 꽂으면 우리 지붕보다 더 높지."

"그건 반칙이야."

"아이고, 다리 아픈 할아비가 만들어 주면 고맙심니더. 해야지. 알았다, 알았어. 더 크게 만들자."

할아버지가 정훈이를 보며 껄껄 웃으며 눈 쌓인 헛간 쪽으로 발걸음을 옮겼다. 그제야 마음이 놓인 정훈이는 신이 나서 눈을 다시 뭉치기 시작했다.

"할아부지, 저 눈사람은 아기 눈사람으로 하고, 지금 만드는 건 아부지 눈사람 하자."

"너거 아부지 보고 싶어서?"

"아니, 뭐, 꼭 그런 건 아니야."

"너거 아부지도 너 보고 싶을 거야. 벌써 1년 째 병원신세니……."

눈사람을 만들다 말고 앞산을 바라보며 할아버지가 길게 한숨을 내쉬었다. 정훈이 아버지는 트럭운전사다. 그런데 화물을 싣고 가다가 트럭이 전복되면서 간신히 목숨은 건졌지만 하반신 마비가 되었다. 재활치료를 받느라 병원에 있지만 이마저도 곧 그만둬야 할 처지가 되었다. 병원비가 없기 때문이다.

"네 엄마만 살아 있어도 집안 꼴이 좀 나을틴디……."

또 엄마 얘기다. 엄마 얘기는 아부지 얘기 다음으로 꼭 단골손님처럼 등장한다. 엄마 얘기를 듣고 싶지 않은 게 아니라 그런 날이면 더 엄마가 보고 싶어진단 말이다. 그걸 할아버지도 좀 알아줬으면 좋겠는데 씨. 정훈이 입이 삐죽 나왔다.

"할아부지, 그냥 눈사람 빨리 만들어줘. 아홉 시에 내기를 했단 말이야."

"아, 아홉시라고 했냐? 나 원 참. 내기 할 것도 참 없다. 알았어. 금방 홍가네 보다 더 크게 만들어 주마. 정 안 되면 깃발 꽂고!"

그러나 결국 눈사람 만들기 내기는 정훈이가 졌다. 어쩌면 지는 것은 당연한 것인지도 모르겠다. 아무리 할아버지가 의자를 놓고 올라가서 눈사람을 만든다고 해도 홍가 할아버지는 키가 우리 마을에서 제일 크기 때문이다. 자그마치 1미터 85센티미터! 눈사람에게 깃발을 꽂는 것 또한 반칙이라서 안 통했다.

"내 그럴 줄 알았어. 할아부지, 나빠."

괜히 심통이 나서 할아부지 뒤만 졸졸졸 따라 다니며 칭얼댔다. 허리춤을 잡아당기며 투정을 부렸다. 할아버지 담배와 라이터를 닭장 안에 숨겨 놓기도 했다.

"야, 내가 이겼다. 이겼다!"

개선장군처럼 의기양양하게 떠들어 대던 홍준이 모습이 자꾸 떠올라 눈물이 삐죽삐죽 고였다. 억울했다. 괜히 억울했다. 아부지가 있었으면 적어도 할아부지가 만든 것보다는 더 크게 만들었을 것이다. 아부지, 아부지. 아부지를 속으로 몇 번 부르다가 그만 울음이 터졌다. 정훈이 울음소리에 달구새끼들이 푸덕푸덕 난리가 났다.

"아이고, 그리 억울허냐. 아이고, 니 할아비 죽어도 그리 섧게 울 거여?"

할아부지가 옷소매를 잡아 당겨 정훈이 눈물을 닦아주었다.

"몰라! 다시 만들어주면 안 울고, 다시 안 만들어주면 계속 울 거야!"

숫제 악을 쓰며 울자 할아버지가 입맛을 쩝쩝 두어 번 다시더니 결심한 듯 외쳤다.

"오냐, 까짓 거 오늘 내가 세상에서 제일 큰 눈사람을 만들어 주마. 내 손주헌티 못 해줄 것이 무어냐."

할아버지가 장독 뚜껑 위에 앉은 눈을 두 손으로 쓸어 다시 뭉치기 시작했다.

"정훈아, 너도 굴려라. 내 못 큰 한도 풀고, 우리 정훈이 한도 풀고."

갑자기 할아버지가 더 신이 난 듯 했다. 그런 할아버지를 응원이라도 하듯 갑자기 함박눈이 다시 펑펑 내리기 시작했다.

"이야, 할아버지 눈 와! 이것 봐. 내 주먹만 한 눈이야!"

"얼씨구. 좋구나. 우리 정훈이 눈사람 만들어주라고 니 어미가 눈을 보내주나 부다. 정훈이 좋것다!"

엄마가 보내주는 눈? 그러고 보니 정말 크다. 정훈이가 벙어리장갑을 낀 손을 펴서 눈송이를 받았다. 마치 보석처럼 예뻤다. 엄마는 나를 보고 있을까? 목을 젖혀 하늘을 보았다. 눈이 자꾸자꾸 장호 얼굴에 앉으며 간지럼을 태웠다. 입을 에— 벌려 혀를 에— 내밀었다. 혀에 닿은 눈을 짭짭 입맛 다시며 먹다가 퍼뜩 정신을 차리고 눈을 뭉치기 시작했다.

그렇게 만든 눈사람이 마당 한 가운데 우뚝 섰다. 마치 다녀왔다고 마루에다 인사를 하듯 우뚝 서 있는 눈사람을 보자 할아버지가 허릿장을 지르고 서서 말했다.

"아, 꼭 우체부 같구먼. 우리 장익이 군대 갔을 때 편지 배달해주던 그 사람 좋던 우체부 같구먼."

그러자 정훈이도 외쳤다.

"아니에요. 산타클로스 할아버지 같아요. 왜 예배당에서 선물 가지고 왔던 산타클로스 할아부지 말예요."

"그건 가짜여. 닭치는 현가네 작은 아들이 수염 붙이고 온 거여!"

할아버지가 손을 휘휘 내저으며 말했다. 그래도 오늘만큼은 그런 할아버지 말에 아니라고 더 우기지 않았다. 분명히 홍준이네 눈사람 보다 크다. 이 큰 눈사람을 보니 좋아서 자꾸만 웃음이 나왔기 때문이다. 오늘은 할아버지가 정훈이 뻐드렁니 가지고 놀려도 참을 수 있을 것 같았다.

"할아비, 고추 말린 거 시장에 넘기고 올틴께 놀고 있어라이."

할아버지가 어느새 경운기 시동을 걸고, 건조장에 고추 포대를 싣고 있었다. 이렇게 눈이 펑펑 내리는데 말이다.

"할아부지, 내일 가면 안 돼? 지금 눈이 이렇게나 많이 와. 길도 안 보이는데?"

정훈이는 할아버지가 정말 걱정이 되었다. 집 앞 샛랫길에 잣눈이 내린 것이다.

"아, 지금 건고추 없다고 도매상에서 당장 가지고 오라네. 좀 더 쳐주겠지, 뭐. 니 애비 병원비 쪼깨라도 더 보탤라믄 댕겨 와야지. 걱정 말거라이."

할아버지가 경운기에 앉아 외쳤다. 정훈이는 대답대신 고개를 끄덕였다. 경운기는 눈 쌓인 산길에 투타타타타― 시끄러운 발자국을 남기고 점점 멀어져갔다. 함박눈 속에 할아버지도 경운기도 점점 빨려 들어가고 정훈이도 눈 속에 홀로 남았다.

그런 정훈이에게 홍가네 할아버지가 정신없이 들이닥친 건 밤이 이슥해지도록 할아버지가 오지 않아 마루 끝에 앉아 있을 때였다.

"아이고 이게 무슨 날벼락이냐. 정훈아. 이 불쌍한 놈아."

그러고 보니 홍가네 할아버지 말고도 오리 치는 송가 할아버지, 연재 할아버지, 모두 정훈이네로 몰려들었다. 어째 그리 허무하게 갔냐며 다들 정훈이를 붙들고 울었다.

할아버지가 죽었다고 했다. 경운기 몰고 가다가 눈길을 과속으로 달리던 트럭이 할아버지 경운기를 채 못 보고 그대로 들이 받아 경운기가 하늘로 날았다고 했다. 병원에 누워 있는 할아버지는 정말 자는 것 같았다. 정훈이가 흔들어도 꼼짝 않고 누워 있었다. 살짝 할아버지 살을 꼬집어보았지만 할아버지는 깊게 잠이 든 듯 했다.

"붉은 고추가 눈밭에 뿌려져 있더만. 마치 양귀비꽃이 피어난 것 같았어."

장례식장에 온 경찰관아저씨가 할아버지 영정사진을 보며 옆에 선 경찰관 아저씨에게 말하는 소릴 들었다.

할아버지를 더 흔들어 깨워 보고 싶었지만 안 된다고 했다. 그리고는 꼭 사흘 만에 할아버지는 집 뒤에 있는 수박밭에 묻혔다. 언 땅을 굴삭기로 겨우 팠다고 했다. 할아버지를 땅에 묻는 날은 그래도 눈이 그치고 햇빛이 나기 시작했다.

"저승길 미끄럽지 말라고 해가 나나벼."

느티나무 집 윤씨 아저씨 말에 정훈이가 입술을 꼬옥 깨물었다. 그때였다. 정훈이 눈이 반짝 커졌다. 눈사람! 그래 눈사람! 할아버지가 만든 눈사람을 지켜야해!

정훈이가 갑자기 집 쪽으로 내달리기 시작했다. 눈이 녹지 않은 논둑을 내달리다가 아래로 나뒹굴었다. 그래도 다시 일어났다. 마당 한 가운데 서 있는 눈사람, 할아버지가 만들어 준 눈사람이라도 떠나지 않게 지켜야 한다. 정훈이는 마치 할아버지가 마당에서 기다리듯 내달렸다.

마당에 눈사람은 다행히 아직 그대로였다. 정훈이가 후우― 한숨을 내쉬었다. 그리곤 천천히 다가가 할아버지가 만들어 준 눈사람을 어루만졌다. 그래도 다행이야. 할아버지가 만들어 준 눈사람아, 정훈이가 두 팔을 벌려 눈사람을 껴안는데 이상했다. 축축했다. 정훈이가 얼른 눈사람에게서 몸을 뗐다. 녹고 있는 것이 분명했다. 하늘을 얼른 올려다보니 오랜만에 푸른 하늘이다. 햇빛이 눈부셨다.

"안 돼, 안 돼! 눈사람아, 떠나지 마!"

두 눈에 겁이 잔뜩 매달린 정훈이가 외쳤다. 마치 할아버지에게 외치듯 눈사람을 껴안았다. 그때였다. 누가 정훈이 등을 툭툭 쳤다. 놀라 돌아보니 홍준이다.

"난 지금 눈사람 지키는 거야. 할아버지가 만들어 준 눈사람이야."

정훈이가 눈물이 그렁해져 외치자 홍준이가 후다닥 정훈이네 마루로 올라갔다. 그러더니 안방에 깔린 얇은 이불을 둘둘 뭉치더니 가슴에 품고 뛰어나오며 외쳤다.

"이걸로 눈사람 천막을 쳐주자. 그러면 안 녹을 거야!"

그러자 정훈이가 후다닥 감나무 아래로 가더니 장대를 집어 들었다.

"여기에 하나 묶고 다른 장대에 하나 묶고… 아, 그런데 장대가 더 없어!"

"내가 가져 올게. 우리 집에 있어."

이불을 눈사람 아래에 놓고 홍준이가 다시 내달렸다.

"이렇게 우리가 서 있으니까 눈사람 보초 서는 것 같다. 그치?"

이쪽에서 장대를 든 홍준이가 저쪽에서 장대를 들고 선 정훈이를 바라보며 말했다.

그런 홍준이에게 정훈이가 빙그레 웃었다. 그러자 홍준이도 정훈이를 바라보며 씨익 웃었다. 아무렴 어때. 보초라도 좋았다. 할아버지가 만들어 준 눈사람만 지킬 수 있다면. 그런데 정말 신기했다. 금방 하늘이 어두워지더니 눈발이 날렸다. 그리고는 금세 앞이 보이지 않을 만큼 펑펑 내리기 시작했다. 장대 끝에 이불을 묶고 눈사람을 덮은 채 양쪽에 선 정훈이와 홍준이도 어느새 작은 눈사람이 되었고.

백련화 이수경(白蓮華 李壽庚)
2009년 조선일보 신춘문예로 등단하였다. 황금펜아동문학상, 눈높이아동문학상, 한국안데르센상, 경기문화재단 창작기금, 대산문화재단 창작기금을 받았으며, 저서로는 『우리 사이는』, 『갑자기 철든 날』, 『억울하겠다 명순이』, 『눈치 없는 방귀』 등이 있다.

진짜 비밀이다

이 연 수

"호랑이다, 호랑이가 나타났다!"

사슴이 소리치는 소리를 듣고 폭포처럼 쏟아진 등나무 아래서 하얀 토끼가 튀어나왔어요. 하얀 토끼는 벌써 얼굴이 새파랗게 질렸어요.

"호랑이라니?"

"크, 큰일 났어. 호랑이가 우리 숲속으로 오고 있어!"

사슴은 겁에 질려 횡설수설 떠들었어요. 근처 층층나무 꼭대기에 앉아 있던 다람쥐는 고개를 갸웃거렸어요.

'사슴이 무슨 말을 하는 거지?'

숲속에 호랑이가 나타났다는 소문이 구름처럼 퍼졌어요. 숲속 친구들은 소리 소문 없이 먹을 것을 감춰놓느라 분주했어요.

어느 날 밤이에요. 하얀 토끼가 산등성이를 달려서 도착한 곳은 맥문동이 덥수룩하게 자라 있는 아주 외딴 곳이었죠. 하얀 토끼는 숨을 가쁘게 몰아쉬며 부지런히 땅굴을 팠어요.

"호랑이가 떠날 때까지 꽁꽁 숨어 있어야지."

그 모습을, 멧돼지가 바위 뒤에 숨어서 지켜보고 있었어요. 조금 전

멧돼지는 밭에서 옥수수를 줍다 황급히 뛰어가는 하얀 토끼를 보았죠.

'밤에 어디를 가는 걸까?'

이상한 생각에 뒤를 밟았다가 깜짝 놀라고 만 거예요.

'혼자 굴을 파서 숨으려하다니……'

멧돼지는 무척이나 분해하며 돌아섰어요.

해님이 떠올랐어요.

사슴은 며칠 만에 밖으로 나왔어요. 호랑이가 무서워 무작정 숨어버렸다가 오늘은 너무나 배가 고파서 밖으로 나온 거예요. 두 눈이 휑해서 발견한 것은 땅에 떨어진 남천열매였어요. 흩뿌려진 것을 보니 누군가 급히 뛰어가다 흘린 것이 분명했어요.

사슴은 허겁지겁 남천열매를 주워 먹고는 옹달샘이 있는 곳으로 걸음을 옮겼어요. 염소는 힘겹게 걸어오는 사슴을 보고 있었어요.

"사슴아, 어디 아프니?"

"아니, 배가 고파서 그래. 걷기도 힘들 지경이야."

"저런! 나도 오늘 하루 종일 아무 것도 먹지 못했어."

골똘하게 뭔가를 생각하던 염소는, 숲속 친구들을 불렀어요. 하지만 아무리 소리쳐도 쉽게 밖으로 나오지 않았어요. 한참이 지나서야 겨우 한자리에 모일 수 있었어요.

"무슨 일이야, 빨리 말해!"

멧돼지가 주위를 두리번거리며 다급하게 소리쳤어요.

"이 숲속에 옥수수도 열매도 씨앗도 모두 동이 났어. 먹을 거라곤 하나도 남아 있지 않아. 이게 다 어떻게 된 일인지 누가 알고 있니?"

숲속 친구들은 전혀 모른다는 듯 서로의 얼굴을 살폈어요. 멧돼지는 얼굴을 붉히며 혼잣말을 했어요.

"먹을 게 다 어디로 사라졌지!"

"나, 나도 몰라……!"

여우는 살래살래 고개를 흔들었어요. 순간 하얀 토끼와 멧돼지의 두 눈이 딱 마주쳤어요. 멧돼지는 기분이 확 나빠져 하얀 토끼에게 대뜸 소리쳤어요.

"뭘 봐?"

"내가 뭘?"

"옥수수를 몽땅 가져간 게 나란 얼굴인데?"

"누가 그렇대?"

하얀 토끼가 팔짝 뛰었죠.

"그런데 왜 나를 뚫어지게 봤어?"

멧돼지가 두 눈을 부라리자 하얀 토끼도 샐쭉해져서 종알거렸어요.

"그럼 누가 옥수수를 가져갔을까!"

"그 말은 분명히 날 보고 하는 소리겠다?"

얼른 염소가 둘 사이를 막아서며 나무랐어요.

"너희 둘은 숲속에서 가장 친한 단짝 친구잖아. 그런데 왜들 그러는 거야?"

멧돼지와 하얀 토끼는 멋쩍어서 입을 다물었어요.

"지금 우리 숲속에 이상한 일이 일어났어. 도대체 먹을 것이라고는 한 개도 남아 있지 않아. 사슴을 좀 봐, 며칠째 아무 것도 먹지 못했대."

정말 사슴은 금방이라도 쓰러질 것 같았어요.

"얘들아, 사슴에게 먹을 걸 나눠 줘."

염소는 안타까웠어요.

"멧돼지는 항상 먹을 게 많은데……"

여우가 슬쩍 흘리듯 말하자 하얀 토끼도 끼어들었어요.

"멧돼지야, 네가 제일 많이 먹잖아. 그러니까 하는 말이지."

멧돼지는 울컥해서 쏴붙였어요.

"너야말로 친구들을 다 버렸잖아. 그랬으면서 이래라 저래라 끼어들지 마."

"친구들을 버렸다니, 그게 무슨 소리니?"

하얀 토끼가 두 눈을 동그랗게 치켜떴어요. 멧돼지는 질세라 얼굴이 벌개져서 목소리를 높였어요.

"넌 혼자 살겠다고 깊은 산속에다 땅굴을 팠잖아. 누가 모를 줄 알아?"

순식간에 하얀 토끼는 얼굴이 새빨개졌어요. 두 눈에 가득 눈물이 고였어요.

"멧돼지야, 내가 밉지?"

"나는 진짜 섭섭했어."

하얀 토끼는 폭 고개를 떨어뜨렸어요. 고라니 둘이서 하얀 토끼를 힐긋거리며 귓속말을 주고받았어요.

"너희들 흉보지 마. 하얀 토끼는 무서워서 그런 거야. 원래 바스락 거리는 소리에도 놀란단 말이야."

멧돼지는 섭섭한 마음도 잊고 하얀 토끼의 눈물을 닦아주었어요.

"호랑이는 도대체 언제 오는 거야?"

갑자기 여우가 소리를 질렀어요. 마치 벌어진 모든 일이 호랑이 탓이라고 말하는 것 같았어요. 그때서야, 염소는 이상한 생각이 들었어요.

"우리 숲속으로 호랑이가 온다고 누가 처음 말했지?"

"사슴이야."

하얀 토끼가 사슴을 가리켰어요. 모두 고개를 돌려 사슴을 봤어요. 염소는 확인하려는 듯 다시 분명하게 물어봤어요.

"사슴아, 너는 호랑이를 진짜 봤어?"

"아니!"

사슴은 잔뜩 겁먹은 얼굴로 고개를 흔들었어요.

"그럼 도대체 호랑이 얘기는 누구한테 들은 거니?"

"층층나무 아래를 지나가다가 얘기하는 소리를 들었거든."

"무슨 소리를 들었는데?"

사슴은 기억을 더듬는 듯 했어요. 그러다 두 눈을 크게 끔벅이며 말했어요.

"어, 맞다! '호랑이가 나타나면 큰일이야' 이렇게 말했어."

"그건 아직 나타나지 않았다는 말이잖아?"

순간 사슴의 얼굴에 '아차' 하는 빛이 역력해졌어요. 하얀 토끼가 멍해진 표정으로 중얼거렸어요.

" '나타나면 큰일이야' 라고? 그렇다면 나타난 게 아니잖아!"

웅성거리는 소리가 커졌어요. 사슴은 차마 얼굴을 들지 못했어요. 거기다 두 눈이 빙빙 도는 것이 금방이라도 쓰러질 것만 같았어요.

"사슴아, 먹어."

어느 틈에 가져왔는지 멧돼지가 옥수수 한 개를 건넸어요.

"고, 고마워!"

허겁지겁 옥수수를 먹는 모습은 정말이지 너무나 딱했어요.

그때였어요.

"얘들아?"

다람쥐가 나뭇가지 사이에서 얼굴을 내밀었어요. 처음부터 다람쥐는 상수리나무 꼭대기에 앉아서 숲속에 벌어지는 일들을 지켜보고 있었어요. 그게 아니라고 말을 하고 싶었지만 어떻게 할 수 없었어요. 소문은 손쓸 사이도 없이 빠르게 퍼져나갔으니까요.

사실 처음부터 이렇게 되리라고는 상상도 못했어요.

"사슴은 까마귀랑 나랑 하는 소리를 잘못 들은 거야."

다람쥐는 또박또박 분명하게 말을 이었어요.

"까마귀가 북쪽으로 난 산줄기를 넘어오다가 무시무시한 호랑이를 봤대. 그래서 내가 '우리 숲에 호랑이가 나타나면 큰일이야' 분명히 이렇게 말했어. 그런데 사슴이……."

다람쥐 말이 떨어지기 무섭게 고라니 둘이서 사슴을 쩨려보았어요. 사슴을 탓하는 소리와 여기저기서 한숨이 마구 터져 나왔어요. 여우도 투덜거렸어요.

"아이, 이게 뭐야. 괜히 힘들게 먹을 것만 잔뜩 감춰 놨잖아."

숲속은 부서질 것처럼 시끄러웠어요. 그때 멧돼지가 참을 수 없다는 듯 소리쳤어요.

"부끄러운 짓을 한 건 다 똑같다고!"

순식간에 주위가 조용해졌어요. 그런데 하얀 토끼가 한쪽 귀를 접으며 작게 종알거렸어요.

"다시는 굴을 파지 않을 거야. 나는 진짜 힘들었어."

"뭐?"

그만 모두들 웃음을 터트리고 말았어요. 서로 어이가 없었죠. 염소가 미소를 지으며 말했어요.

"나도 미안해. 먹을 것 때문에 화가 나서 친구들을 미워했으니까, 앞으로 이런 일은 다시 일어나지 말아야 해. 호랑이가 진짜 나타난다 해도 말이야."

"모든 게 다 내 책임이야. 진짜 미안해!"

사슴이 얼굴을 붉히며 어쩔 줄 몰라 했어요.

"얘들아, 이렇게 아니라 우리가 한 짓 몽땅 비밀로 하자!"

다람쥐가 웃음을 참으며 말했어요. 멧돼지가 하얀 토끼의 어깨를 툭 치며 말했어요.

"좋은 생각인걸!"

하얀 토끼도 웃었죠.

"그래, 진짜 비밀이다!"

숲속 친구들은 서로서로를 보며 벌써 약속을 한 것처럼 고개를 끄덕였어요.

"쉿……!"

"쉿……!"

입은 꼭 다물었지만 서로를 보는 눈빛들은 참으로 다정했어요. 산들산들 가을바람이 불어왔습니다.

만월심 이연수(滿月心 李燕秀)
동국대교육대학원 유아교육학전공 석사졸업, (사)한국문인협회 회원, (사)색동회 회원, 국립서울맹학교·국립서울농학교 동화구연강사(전), (사)한국문인협회 영등포지부 아동문학분과장, 저학년 장편동화집 『난 비겁하지 않아』, 2015년 세종도서문학나눔 선정(세종도서상 수상), 제38회 한국아동문학작가상 수상(2016년)

부처님과 곤줄박이

이 영 호

지난 이틀 동안 밤낮 없이 함박눈이 쏟아졌습니다. 아직도 눈은 그칠 기미를 보이지 않습니다. 한낮인데도 쏟아지는 눈이 하늘을 가려 세상이 온통 껌껌합니다.

'이러다가는 이번 겨울도 부처님과 스님 신세를 면할 수 없겠구나.'

사흘째 눈 때문에 집 밖으로 나가지 못해 배가 등가죽에 붙은 곤줄박이는 눈이 쏟아지는 하늘을 올려다보며 한숨을 토했습니다. 죽은 지 오래 되어 반쯤 썩은 고목의 중간쯤에 뚫어놓은 딱따구리의 빈 집이 곤줄박이의 겨울집입니다. 겨울집은 포근해서 살만 하지만 그러면 뭐합니까! 눈이 온 산을 덮어버리면 곤줄박이가 좋아하는 먹이가 몽땅 눈 속에 묻혀버려서 배를 쫄쫄 굶으며 떨면서 겨울을 나야 하는데 말입니다.

곤줄박이의 걱정은 아랑곳 않고 눈은 여전히 쏟아졌습니다. 걱정 속에 잠을 설치다가 설핏 잠이 든 한밤중이었습니다. 곤줄박이가 상상조차 하지 못했던 끔찍한 일이 벌어졌습니다. 곤줄박이의 집을 우산처럼 덮고 있던 굵고 청청하던 소나무 가지가 '우지직' 소리를 지르며 아래로 떨어져 내린 것입니다. 쌓인 눈의 무게를 이기지 못하고 찢어진 소나무 가지가 사정없이 고목을 치자 고목은 비명 소리도 내지 못하고 쓰러져 눈구덩이에 파묻혔습니다.

그나마 다행인 것은 소나무 가지가 고목을 칠 때 잠들어 있던 곤줄박이가 튕겨져 나와 저만치 쌓인 눈 위로 패대기쳐졌다는 것입니다. 소나무 가지와 함께 쓰러지는 고목에 깔리지 않은 것만도 천만 다행이었습니다.

곤줄박이는 벼락이라도 맞은 듯 한동안 눈 더미 속에서 정신을 잃고 꼼짝도 하지 못했습니다. 한참만에야 "쓰쓰, 삥, 쓰쓰, 삥" 비명을 지르며 죽을힘을 다해 눈 밖으로 몸을 비비고 나와 부러진 소나무 가지 밑으로 몸을 피했습니다. 왼쪽 날갯죽지가 부러지기라도 한 듯 쑤시고 아팠습니다.

한동안 눈이 뜸 하더니 아침이 되자 드디어 눈이 멎었습니다. 드문드문 파란 하늘이 보이고, 이윽고 동쪽 하늘에 해님의 화사한 얼굴도 나타났습니다. 부러진 소나무가지 위에 올라앉아 오들오들 떨면서 정신을 추스르던 곤줄박이는 죽을힘을 다해 숲 위로 날아올랐습니다. 아픈 왼쪽 날갯죽지 때문에 자꾸만 몸이 기우뚱거렸습니다.

하늘에서 내려다본 산과 들은 온통 눈부시도록 하얀 눈으로 덮여 있습니다. 온 세상이 눈 천지입니다. 눈 때문에 겨울 보금자리까지 날아가 버린 곤줄박이는 큰 바위산 어디에도 의지할 곳이 없는 신세였습니다.

곤줄박이는 망설일 것도 없이 저만치 산 중턱에 있는 작은 암자를 찾았습니다. 지난겨울 한동안 잠잘 곳과 먹이까지 신세를 졌던 산중턱 숲속에 있는 암자입니다. 암자도 눈에 묻혀 얼른 찾아낼 수 없을 지경이었습니다. 요사채 굴뚝에서 모락모락 올라오는 연기를 보고 그곳이 암자임을 알아볼 수 있을 정도였습니다.

지난겨울 산이 온통 눈 속에 묻혔을 때 먹이를 구하지 못한 곤줄박이는 스님들의 살림집인 요사채 처마 밑에 걸어놓은 싸리 소쿠리에 공양보살이 담아놓는 곡식 낱알로 배를 채웠습니다. 그러고는 추위를 피해 아무도 없는 법당으로 날아들어 부처님과 함께 지냈습니다.

곤줄박이는 쏜살같이 절집으로 향합니다. 가까이 와 보니 허리까지 차오르는 마당의 눈 속에서 삽으로 법당으로 오르는 길을 내고 있는 스님의 모습을 그제야 알아볼 수 있었습니다. 그렇지만 요사채 처마 밑에는 낯익은 싸리 소쿠리가 보이지 않았습니다.

"쓰쓰, 삐이, 삐이, 삐이! 보살님, 배가 고파요! 먹을 걸 좀 나눠 주셔요!"

곤줄박이는 공양간 아궁이에 불을 때고 있는 공양보살을 향해 인사를 건네며 허기진 목소리로 먹이 공양을 애원했지만 보살은 내다보지도 않았습니다. 온통 눈에 파묻힌 암자 때문에 보살님도 영 정신이 없는 모양이었습니다.

곤줄박이는 문득 부처님 생각을 했습니다. 배가 너무 고파서 먹을 것부터 찾았던 것이 부끄러워졌습니다. '부처님에게 먼저 인사부터 해야지.' 곤줄박이는 손바닥만 한 마당 하나 사이로 떨어져 있는 법당으로 날아갔습니다. 법당 앞쪽의 여섯 짝 문은 꽁꽁 닫혀 있었습니다. 요사채와 법당 사이를 가로막고 쌓인 눈 때문에 스님들이 아침 예불도 올리지 못한 게 분명했습니다.

'부처님은 세상이 온통 눈에 묻힌 것도 모르시겠네. 쓰쓰, 삐이, 삐이, 삐이!'

곤줄박이는 왼쪽 문 맨 위쪽에 난 커다란 문구멍이 아직도 그대로인 것을 보고 얼른 법당 안으로 날아들었습니다. 지난 해 겨울, 수도 없이 법당으로 드나들었던 곤줄박이의 전용 출입문 구멍입니다.

"부처님 안녕하세요? 쓰쓰, 삐이, 삐이……"

맥 빠진 목소리로 인사를 한 곤줄박이는 부처님 손바닥 위로 덜퍼덕

내려앉았습니다.

"곤줄이구나. 목소리에 영 힘이 빠진 걸 보니 눈 때문에 고생한 모양이구나."

부처님은 오랜만에 찾아온 곤줄박이가 반가운 듯 빙그레 웃으며 말했습니다.

"사흘이나 쫄쫄 굶었지만요, 굶는 건 아무것도 아니에요! 부처님을 다시는 보지 못하고 쓰러지는 고목에 깔려 죽을 뻔 했다구요. 왼쪽 날 갯죽지가 부러졌는지 아파 죽겠어요."

곤줄박이는 간밤에 제가 당한 일을 숨넘어가는 목소리로 부처님에게 고했습니다.

"쯧쯧······ 큰일 날 뻔했구나!"

언제 봐도 미소 짓는 얼굴인 부처님은 곤줄박이를 다시 본 게 반가운 듯 말했습니다.

"부처님, 간밤에 이 곤줄이가 썩은 그 고목 둥치에 깔려 죽었으면 어떻게 되었을까요? 다음 세상에 정말로 공주님의 시녀보다 더 좋은 인연을 만나 다시 사람으로 태어날 수 있을까요?"

곤줄박이는 지난겨울 부처님이 들려준 이야기를 생각하며 물었습니다.

"그 새 지은 죄가 없으면 내 말대로 될 것이니라."

부처님은 여전히 빙그레 웃는 얼굴로 대답했습니다. 곤줄박이는 배가 고파 죽을 것 같으면서도 부처님의 말씀에 죽는 게 크게 겁나지 않았습니다. 험한 산속에서 이름 없는 곤줄박이로 사는 것보다 죽어서 사람으로 다시 태어나고 싶기도 했으니까요. 그런 생각을 하니 배고픔도 잠시 잊을 수가 있었습니다.

눈이 온 산을 덮어 버린 지난 해 겨울입니다. 곤줄박이는 칼바람이 씽씽 부는 추위를 피하려고 문구멍을 통해 법당으로 날아들어 부처님의 손바닥 위에 내려앉아 쉬다가 어느 새 잠이 들었습니다. 그 때 어디선가 우렁우렁 들려오는 목소리에 곤줄박이는 화들짝 놀라 콩알만 하게 커진 눈을 두리번거렸습니다.

"놀랄 것 없느니라. 내 손바닥 위에서 편안히 잠이 든 녀석이 저를 받쳐주는 손의 주인이 누구인 줄도 몰라보아서야 되겠는고."

"부, 부처님이셔요?"

"그래, 나다, 부처란다. 곤줄아, 네가 오늘 법당으로 들어와 내 손바닥 위에 앉아서 편안히 잠이 든 것은 네 착한 마음 때문에 이뤄진 인연이란다. 나는 네가 언젠가는 나와 다시 인연을 맺게 될 줄 알고 있었단다."

"죄송해요, 부처님! 부처님의 손바닥이 너무 편안해서……"

"괜찮다. 너처럼 귀엽고 착한 새가 내 손바닥에서 무슨 일을 하는지 지켜보는 것이 흐뭇하구나. 그런데 말이다, 곤줄이 네가 전생에 대궐에서 공주의 새를 돌보는 시녀였다는 것을 아느냐?"

"제가 대궐에서 공주의 새를 돌보는 시녀였다구요? 제가요, 부처님?"

곤줄박이는 부처님의 말씀에 화들짝 놀라며 되물었습니다.

"암, 그랬지. 새를 무척 좋아했던 공주는 예쁘고 노래도 잘 부르는 너도 무척 사랑했지. 공주가 나를 만나러 올 때마다 너랑 같이 왔고, 너는 공주 못지않게 절을 잘 했었단다."

"그런데 어쩌다 제가 지금은 이 산속에서 등산객만 보아도 놀라서 도망치기 바쁜 곤줄박이 가 되었어요?"

"그건 말이다, 불에 타 죽은 곤줄박이들의 원한 때문이란다."

"불에 타 죽은 곤줄박이들의 원한이라구요? 부처님, 제가 곤줄박이를 불에 타 죽게 했다구요?"

곤줄박이는 깜짝 놀라 큰소리로 되물었습니다.

"네가 태워 죽인 건 아니지만 곤줄박이들의 원망을 살 수 있는 실수는 했단다."

"무슨 일인데요, 부처님? 제가 어쩌다 그런 끔찍한 일을 저질렀다는 거예요?"

곤줄박이는 금방 울음이라도 터뜨릴 듯한 목소리로 부처님의 대답을 졸랐습니다.

"그러니까 아주 오랜 옛날 일이구나. 한밤중에 공주의 궁궐에 불이 났단다. 그 불은 삽시간에 네가 돌보는 새들의 조롱이 있는 후원 별채로 옮겨 붙었지. 놀라 깬 너는 공주가 사랑하는 새들을 살리기 위해 위험을 무릅쓰고 조롱들을 밖으로 꺼내기 시작했단다. 공작새, 모란앵무, 극락조, 왕관앵무, 문조, 잉꼬, 십자매, 곤줄박이 등등 새 조롱도 많았지.

그런데 너는 허둥지둥 서둘렀지만 곤줄박이 조롱은 꺼내지 못했단다. 그래서 결국 곤줄박이들은 모두 불에 타 죽고 말았지. 죽은 곤줄박이들은 저희들만 불에 타 죽게 내버려 둔 너를 한없이 원망했단다. 그래서 그들은 일심으로 네가 죽으면 곤줄박이로 태어나게 해 달라고 소원했던 게야. 죽은 곤줄박이의 사무친 원한이 오래 오래 저승을 떠돌던 너의 영혼을 곤줄박이로 다시 태어나게 한 거란다."

"어머나. 세상에! 내가 그런 일을 저질렀다니! 부처님, 그럼 이제 난 어찌해야 하지요? 세상에, 이 일을 어째!"

부처님의 이야기를 듣고 곤줄박이는 울먹이며 비명을 질렀습니다. 그러다가 끝내 '쓰쓰, 삐이, 삐이, 삐이' 울음을 터뜨렸습니다.

"울지 말거라. 지난 일에 대한 업보는 이미 받았으니 더는 그 일을 걱정할 것 없느니라. 다음 생에는 네 착한 마음으로 공주의 시녀였던 때보다 더 좋은 인연을 만나 사람으로 태어날 것이니라. 그만 울음 그치고 요사채로 가 보거라. 마음씨 착한 공양보살이 허기진 너와 네 친구들을 위해 먹이를 준비를 해 두었느니라."

부처님의 위로를 받고 마지못해 요사채로 날아와 보니 처마 밑에 달아놓은 싸리 소쿠리에 곤줄박이가 좋아하는 땅콩과 때죽나무 열매가 담겨 있었습니다.

"곤줄아, 너 또 자는 거냐? 네가 허기져서 먹을 걸 찾아온 걸 알고 착한 공양보살이 오늘도 먹을 걸 준비해 놓았구나. 시장할 텐데 어서 가서 배를 채우고 오너라. 욕심장이 쇠딱따구리, 박새, 쇠박새, 동고비들이 너보다 먼저 와서 다 먹으면 어쩌려고 그래!"

부처님의 말씀에 곤줄박이는 화들짝 눈을 떴습니다. 허기져서 죽을 지경인데 먹이를 다 빼앗길 수는 없습니다.

"부처님, 고마워요! 공양보살님이 차려내신 공양을 받고 다시 올게요."

부처님의 손바닥 위로 날아오른 곤줄박이는 바람처럼 문구멍을 빠져나갔습니다. 그런 곤줄박이를 바라보며 부처님은 빙그레 웃음을 머금으셨습니다.

덕암 이영호(德巖 李榮浩)
1961년 경남신문 신춘문에 소설로 당선작 없는 가작, 1966년 경향신문 신춘문에 동화 당선, 현대문학 소설 추천으로 문단에 나왔다. 단편 동화집 〈배냇소 누렁이〉 외 30여 권, 장편소년소설 〈거인과 추장〉 등 20여 권, 인물소설 〈세계를 누비며〉 등 30여권을 출간했고, 세종아동문학상, 대한민국문학상, 한국문학상, 방정환문학상, 대한민국5.5문화상 등을 받았다. 한국아동문학가협회 회장, 한국불교아동문학회 회장을 지냈고, 현재 사단법인 어린이문화진흥회 회장 이사장을 맡고 있다.

아기 돌게가

임 신 행

기억한다는
것은
마음과 몸으로 하는 것이다.

깊은 바닷물 속의 형을
기억하지 않고는 사람으로 설 수가 없다.

그날부터
나는
이 순간에도
가슴이 먹먹하다.

만나고 싶지 않았다. 우선 나는 약속을 지키지 못해 안달을 내고 있는 터이다.

"얘! 너, 여기 있었구나! 내가 너를 얼마나 찾았는지 아니?"

"……"

뭐라고 대꾸는 하지 않고 '보그르 보그르' 흰 거품만 내 놓으며 아기 돌게는 동원이를 빤히 바라보고만 있었다.

"정말, 보고 싶었어. 너를 다시 만날 수 있을까 인천서 배를 타고 오면서 내내 네 생각만 했었어. 만나니 너무 반가워…… 그동안 참 보고 싶었어…… 제발 형들이 시신이지만 돌아와야 하는데……"

떨리는 목소리로 동원이는 말을 하고 두 손을 모아 엄지와 집게손가락을 포개어 보였다. '아!' 아기 돌게도 두 집게 발을 치켜들어 사랑한다는 답을 했다.

"바다는 너무 넓어. 동원이 네가 부탁한 동빈이 형, 찾으려고 팽목만 일대의 물속을 헤매고 다녔지만 아직…… 미안해, 정말 미안해!"

아기 돌게가 더듬더듬 말을 이었다.

"깊은 물속을 뒤지는 잠수부도 형아를 못 찾았는데 네가 어떻게 찾겠니. 수학 여행간 사람이 저 깊은 곳에서 아직도 못 나오니…… 아홉 사람의 유골이라도 찾아야 하지. 난 살아 있는 것 미안하고 부끄럽다. 형아 대신에 내가 죽었어야 하는데……"

형, 생각을 해주어 고맙다는 마음을 숨기어 동원이는 말을 하며 가슴에 묻어 둔 말을 했다.

"동원이 너도 사람이 최고라고 믿는데 그게 아니야."

아기 돌게가 뜨악한 표정을 짓고 집게발을 쩍 벌리고 이리저리 흔들었다.

"아직은 동식물 중에는 사람이 최고지."

"뭐가 최고야, 서로 속이고 자기만 잘 먹고 살겠다고 설치는 게 사람이지…… 나는 사람이 제일 무섭다. 있다면 단지 생각하고, 생각한 것을 만들어 낼 뿐이지 생명은 다 똑 같다고 생각해 나는."

"살아간다는 것은 같지만 사람은……"

오랜만에 만나 싸우겠다 싶어 동원이는 할 말을 접었다.

"괜찮아, 말을 해!"

아기 돌게는 냉랭한 목소리로 말했다.

"다음에 할께, 오늘은 모든 것을 참아야 해. 형아가 저 바다에 휘말려

간지 꼭 2년이 더 되거든, 저길 봐, 봐!"

동원이는 울먹이는 목소리로 말을 하고 일어나 노란 리본과 추모제에 참가한 많은 사람들로 북적이는 방파제를 가리켰다.

아기 돌게는 까치발을 하고 방파제 쪽을 바라봤다.

"나는 말이다. 저렇게 사람들이 몰려오면 또 물에 빠질까봐 겁이 나. 저 사람들 이천 명은 더 될 거야, 그치?"

말을 해 놓고 동원이는 저 많은 사람들 속에 아버지가 형 생각으로 술에 취해 울고 있을 것이라고 생각하니 가슴이 먹먹해지고 목울대가 콱 막혀 왔다.

"그러게, 추모제도, 위로도 좋지만 구경삼아 저렇게 많이 오니 나도 무섭다. 더러 철딱서니 없는 사람들이 술을 먹고 난동이라도 또 부리면 또 큰 사고 나지. 하나도 조심. 둘도 조심. 셋도 조심인데. 생명은 다 소중하고 귀한 거야."

걱정 어린 목소리로 아기 돌게가 말을 하고 사방을 살폈다.

"그래, 맞아 진심으로 아직 물속에 있을 우리 형아! 외 여덟 명과 사고 시신을 찾은 304명을 진실로 위로 해주려는 마음에서 온 사람은 과연 몇 명이나 되겠어, 서울광장에도 유족은 마흔 명 조금 더 오고 나머지는 관광 겸, 위로 겸, 구름처럼 몰려다니며 달아 주는 노란 리본이나 달고, 목 띠를 두르고 히히 호호 웃고 다니는 것이 나는 싫어…… 다 그런 것은 아니지만 정성으로 참여해주는 사람은 몇 없어. 같이 울고, 진정으로 위로해 주는 사람이 필요 해. 저 사람들은 남의 슬픔을 구경거리로 알고 있나 봐. 정말 너무 해. 우리 형아는 왜 못 나왔을까? 죽은 것도 억울한데 못 찾는 것이 억울하고 분통이 터져 개미가 협동하고 살 듯 우리도……"

"나도 그렇게 생각해. 우리 게들도 그래. 보기만 해도 무서운 문어가 친구를 잡아먹는 것을 보고도 다른 게들은 그냥 웃고 있다. 나만 아니면 돼 이거야. 너, 어머니도 오셨니?"

"이혼을 했걸랑, 올 턱이 있남. 재혼해가지고 아이도 낳았다는 소식을 풍문으로 들었어. 법원에 갔을 때 담당 판사님이 '엄마랑 살래? 아빠랑 살래?' 물어서 난, 아빠랑 산다고 했어. 우리 형아도…… 우리 엄만 걸핏하면 술 먹고 가만있는 옆 사람에게 생트집을 잡아 싸움을 걸어 난장판을 만들어. 마지막엔 아버지를 때리고. 법원을 나오는 그길로 이혼한 엄마는 아직 전화 한 번 없어. 술을 마시지 않던 아버지는 형아 생각으로 술을 하루도 마시지 않고는 못 견디서. 잘 다니시던 회사도 접고 받은 퇴직금으로 사는데 그 돈도 바닥이 다 나가나 봐."

울음 섞인 목소리로 동원이가 말했다.

"무슨 일이 있어도 마음 크게 먹고 잘 견디어야 해. 이제 네가 중심이다. 넌, 잘 해낼 수 있어. 네가 아버지 손을 잡아 드려."

"나도 그러려고 해. 나는 사학년이 되고부터 밤마다 바다물 밑에 처박혀 있는 세월호를 인양한다."

"어떻게?"

"크레인으로!"

"크레인?"

"크레인이 어딨는데?"

"우리 집에 내가 만들었어."

"뭘로 어떻게?"

"레고로 크레인을 만들어 가지고……"

"레고! 너 대단하다."

큰 목소리로 아기 돌게가 말을 하고는 오른 쪽 집게발을 번쩍 들었다.

"아니야……"

"장하다. 어서 가 봐!"

"제발 우리 형아하고 여덟 명이 기적처럼 '까꿍' 하고 나타나면 얼마나 좋겠어?"

동원이는 울먹해져 말했다.

"암튼 마음 크게 먹어."

"고마워!"

"아버지 찾을 수 있겠어?"

"찾고, 말고!"

"만나자 헤어지니, 서운하네. 만날 때까지 조심하고!"

"너도!"

어쩐지 아쉽고 허전한 마음에 동원이는 뒤돌아서서 손을 흔들었다.

섬 마을을 둘러싸고 있는 야트막한 산자락은 연둣빛으로 부풀어 올랐다. 연둣빛 숲을 딛고 솜사탕을 휘두른 듯 우뚝 산벚꽃이 핀 것이 꿈속처럼 아름다웠다. 드문드문 핀 산벚꽃은 슬픈 아름다움이었다. 물안개가 희미하게 가려 은은하게 아름다웠다. 섬 산을 뒤덮은 물안개를 무심하게 바라보고 서있던 동원이의 눈에 눈물이 고였다. 두런두런 동빈이 형아 목소리가 들렸다. 아차 아버지를 찾아야 한다는 생각이 미쳤다. 눈물을 훔치고 바닷물처럼 술렁거리고 있는 방파제의 많은 사람들의 물결 속에 어디쯤에서 울고 있을 아버지를 생각했다.

섬은 숨겨 둔 아름다움을 찬찬히 내보여 주고 있었다.

아버지는 실성한 사람처럼 퍼질고 앉아 울고 있었다. 아버지 옆에는 빨간 패딩점프를 입은 키 작은 아저씨가 앉아 있었다.

"당신들이 내 마음을 어떻게 알아요. 참혹하다, 참혹하다 해도 이혼하고 자슥 둘을 내손으로 키우다가 큰놈을 기죽이지 않으려고 수학여행을 보낸 것이 잘못이지…… 누가 덜컥 수장을 시키라 했어요. 내 아들 내 놔요! 시신이라도 내줘야 할 것 아니요."

소주 냄새를 풍기며 아버지는 바다를 향해 거친 삿대질을 했다.

"어려우시지만 참으셔야 합니다."

아저씨가 절실한 목소리로 말했다.

"참고 안 있소. 이 눈 한 번 딱 감으면 끝이지만 동생, 동원이 때문에. 수장을 당한지 며칠 뒤에 우리 동빈이가 내 꿈에 나타나서 동생 동원이를 잘 돌보라고 합디다. 죽고 싶어도 이제 못 죽습니다. 우리 둘은 얼마나 울었는지 모릅니다. 살아 있는 것이 죄지요. 날이면 날마다 울며 지냈지요. 얼마나 큰소리를 내어 울었는지 옆방에서 잠자던 고모가 와서 같이 울었소."

"사는 것 별것 아닙니다. 어려움을 참는 것이 사는 것입니다. 가슴에 옹이진 슬픔도 세월이가면 바위가 깎이듯 삭아집니다. 슬픔도 세월이 가면 다 사라지고, 활자로 남습니다. 무엇보다 내가 변해야 세상이 변합니다. 아드님 생각도 잊도록 노력하셔야 합니다. 억울하고 슬플 때는 울어야 해요. 울음은 슬픔을 빗질해 줍니다. 모든 일에는 마음이 문제지요."

마산에서 왔다는 아저씨는 긴 위로의 말을 하고는 아버지 손을 잡고 소리죽여 잠시 울었다. 부스럭거리던 아저씨는 품에서 '좋은 데이' 소주 한 병과 삶은 계란 한 알을 꺼내 아버지 손에 놓았다.

"내가, 마시려고 가지고 왔는데 잡수이소."

"고맙소."

아버지는 아저씨가 내 민 '좋은 데이' 한 병을 단숨에 마셨다. 삶은 계란을 방파제 바닥에 툭 때렸다. 삶은 계란이 납작하게 짜부라졌다. 짜부라진 계란 껍데기를 대충 벗기고 입에 털어 넣고 우물우물 하고는 머리를 푹 숙였다.

"지금은 참고 견디는 수밖에 없습니다."

아저씨가 간곡히 말했다.

얼핏 잠이 들었는지 아버지는 말대꾸를 하지 않고 죽은 듯 있었다.

아버지를 유심히 살펴 본 아저씨는 딸인 성 싶은 단발머리 여자 아이를 데리고 일어서 갔다. 단발머리 여자 아이는 눈물이 나는지 손등으로 눈을 문지르며 자꾸 돌아봤다.

"아버지!"

동원이는 아버지의 야윈 등을 흔들었다.

"나 좀 이대로 둬라 동원아!"

아버지는 우셨다. 짐승처럼 우셨다. 사람들은 동물원 원숭이를 들여다보듯 동원이와 아버지를 번갈아 보고는 뜻을 알 수 없는 혀를 쯧 쯧 찼다.

"동원이 아버지! 부디 정신 차리십시오. 남은 동원이를 봐서라도."

아주 간줄 알았던 아저씨가 돌아와 낮은 목소리로 말을 하고는 아버지 옆에 다시 퍼질고 앉았다. 아버지는 금방 잠이든 시늉을 했다.

"엄마는 연락이 없냐?"

"......"

아저씨의 물음에 대답은 않고 동원이는 머리만 주억거렸다.

"너도 일루 앉아!"

아저씨는 동원이의 손을 잡고 앉혔다. 단발머리 여자아이도 앉혔다.

"마음 크게 먹어. 인사하면 어떨까. 내 딸 인영이고!"

아저씨는 동원이와 단발머리 여자아이를 번갈아보며 말했다.

둘이는 서로 마주 보고 방그레 웃었다.

"그래, 서로 마주 보고 웃는 것도 인사지!"

아저씨는 바다 쪽으로 기우는 아버지를 조심스럽게 자기 오른 쪽 어깨에 기대게 했다.

"아버지!"

단발머리 여자아이는 아저씨가 앉는 바람에 바지 주머니에 넣어뒀던 것이 불거져 나오는 노란 봉투 하나를 주어 아저씨에게 들려주었다.

"이것을 너에게 주려고 돌아가다가 마련해 왔다. 내가 깜박했어. 받아도고 내 성의다. 미안하다."

아저씨는 손에 쥔 노란 봉투를 동원이에게 내밀었다. 동원이는 받지 않고 머뭇거렸다.

"받어, 주머니에 넣어 둬. 요긴하게 사용 되었으면 좋겠다. 아버지 술값으로는 안 된다. 알았지? 술이란 것은 한 잔 먹으면, 술기운이 또 술을 불러."

아저씨는 받지 않고 멀뚱멀뚱 서 있는 동원이 바지 뒷주머니에 넣어 주고 둘 다 앉으라는 손짓을 했다. 둘이는 바다를 향해 나란히 앉았다.

"사실 나는 두어 시간 전 네가 저쪽 갯가에 앉아 게와 하는 이야기를 다 들었다. 밤마다 꿈속에서 바다에 잠긴 세월호를 인양한다며?"

"네!"

"장하다. 세상일은 맘먹기다. 네가 간절한 것은 네가 구해야 한다.

맘먹고 기도하고 행동하면 이루어진단다. 꼭 인양될 것이다. 너는 충분히 인양하리라고 나는 믿는다."

"아직 전 꿈속인데요."

"꿈을 꾼다는 것은 해낼 수 있다는 말이거든. 내가 너를 보니 너는 세월호를 인양할 거인이다. 거인! 힘 내거라 힘."

아저씨는 멀뚱멀뚱 서 있는 동원이를 끌어안고 토닥토닥 등을 다독여 주고 있었다.

탄보 임신행(坦步 任信行)
서울신문 신춘문예 당선, 오월 신인예술상, 계몽아동문학상, 2천만원고료 제1회 황금도깨비 대상, 세종아동문학상, 한국어린이도서상, 눌원문화상, 이주홍아동문학상, 방정환아동문학상, 대한민국문학상, 한국동화문학상, 최계락문학상, 민족동화문학상 수상. 전쟁 동화집 『베트남 아이들』 외 다수. 생태 동화집 『우포늪 그 아이들』, 생태 동시집 『우포늪 가시연꽃』, 동시집 『우포늪 별똥별』 외 다수. 시집 『동백꽃 수놓기』 외 다수. 생태 시집 『우포늪에서 보내는 편지』, 생태 수필집 『우리 이제 언제 어디서 무엇이 되어 다시 만나랴』. 우포늪 홍보대사

도투의 모험

전 유 선

어둠이 채 가시지 않은 추운 겨울 아침 도투는 아무도 몰래 산에서 내려와 강가로 달려갔어요. 엄마 모르게 꼭 하고 싶은 일이 하나 있기 때문이지요. 차가운 바람이 몰아치는 강가에 서서 살펴보니 강물은 바위보다 더 단단하게 꽁꽁 얼어붙어 있었어요.

"우와! 이제 됐어. 이제 강을 건널 수 있어."

도투는 환호성을 터트리며 강 건너편을 향해 얼음 위를 힘차게 내닫기 시작했어요.

지난 봄 아카시아 꽃이 하얗게 피어나던 무렵 아차산 달이봉 능선에서 태어난 아기 멧돼지 도투는 아직까지 달이봉 근처를 벗어난 적이 없습니다. 등을 가로지르는 노르스름한 줄무늬도 벌써 사라지고 뾰족한 엄니도 솟기 시작했는데 엄마는 아직도 도투를 어린 아기로 보나 봐요. 그래서 도투가 다래봉 아래로 내려가지 못하게 하고 있답니다.

"도투야, 달이봉 아래에 가서는 안 된다. 특히 강 건너는 절대 가면 안돼요. 거기는 아주 공기가 나쁜데다가 사람이라고 하는 동물이 살고 있어. 두 발로 서서 걸어 다니는 아주 무서운 동물이란다."

"알았어요, 엄마, 걱정하지 마세요."

그럴 때마다 도투는 언제나 힘차게 대답했지만 속마음은 달랐어요.

사람이라는 무서운 동물이 어떻게 생겼는지 보고 싶은 마음이 굴뚝같았어요. 게다가 달이봉에서 내려다보면 한눈에 들어오는 널따란 강과 그 너머에 있는 사람들이 사는 마을의 모습은 도투에게 호기심과 함께 온갖 상상력을 불러 일으켰어요. 밤마다 화사하게 켜지는 알록달록한 불빛들은 너무 아름다워 꼭 한 번 가까이 가서 만져보고 싶었어요.

어른들 몇몇이 날이 아주 추워져 강이 얼어붙으면 강 건너에 다녀오겠다고 말하는 것을 들은 후 도투는 날이 추워지기만을 손꼽아 기다렸어요. 어른들에게 데려달라고 하면 틀림없이 안 된다고 할 거예요. 혼자 다녀올 거예요. 어른들이 다녀오는데 못 다녀올 이유가 없지요. 조심조심 다녀오면 아무 일 없을 거예요. 자신 있어요.

도투는 매일 새벽 일찍 일어나 달이봉 아래 굽이쳐 흐르는 강줄기를 살펴보았어요. 벌써 몇 번이나 강가에 달려갔다가 강물이 얼지 않아 되돌아 온지 몰라요. 그런데 오늘 드디어 강물이 꽁꽁 얼어붙은 거예요. 도투는 날아가듯이 재빠르게 강을 건너갔어요.

강을 건너 마른 나무가 빼곡하게 늘어선 조그만 언덕을 넘으니 사람들이 사는 마을이 나타났어요. 가까이서 보니 아주 이상했어요. 나무나 흙은 보이지 않고 똑바로 솟은 단단한 회색빛 절벽 사이로 좁은 길이 뻗어 있었어요.

화사하게 빛나던 알록달록한 불빛도 보이지 않았어요. 어디에서인지 알 수 없는 곳에서 들려오는 웅웅거리는 소리에 귀가 먹먹했고, 숨을 탁 막히게 하는 이상한 냄새가 코를 찔러 답답했어요.

회색빛 돌덩어리 사이로 난 좁은 길을 천천히 걸으며 주위를 둘러보던 도투는 적이 실망하고 말았어요.

'멋진 곳이 아니잖아. 반짝이는 불빛들은 다 어디로 갔지? 공연히 강을 건너왔어. 엄마 말이 맞았어. 엄마 말을 들어야 하는 건데. 그냥 돌아

갈까. 아냐, 사람이라는 무서운 동물이 어떻게 생겼는지 보고 싶어. 그것만 보고 갈 거야.'

도투가 이곳저곳을 기웃거리며 사람의 모습을 찾는데 누군가 등허리를 매만지는 느낌이 들었어요. 깜짝 놀라 돌아보니 생전 처음 보는 괴상한 동물이 뭉툭한 코를 들이밀며 킁킁 냄새를 맡고 있는 거예요.

몸집이 도투의 두 배나 되는 커다란 짐승은 온몸이 짧고 반들반들한 시커먼 털로 뒤덮여 있었어요. 빗자루 같은 꼬리를 휘휘 내저으며 코끝을 도투의 몸에 비벼대는 바람에 도투는 온몸에 소름이 돋았어요.

'앗, 큰일 났다. 도망가자.'

도투는 온 힘을 다해 내달렸어요. 다행히 몇 발자국 앞쪽 회색빛 바위 아래에 조그마한 구멍이 하나 뚫려 있었어요. 도투는 재빨리 구멍 속으로 뛰어 들었어요. 구멍 뒤쪽에는 덤불숲이 우거져 있었어요. 도투는 덤불 밑에 바짝 엎드려 몸을 숨기고 구멍 바깥을 내다보았어요.

시커먼 짐승이 구멍에 코를 들이밀고 킁킁 냄새를 맡다가 앞발로 구멍입구를 마구 파헤치기 시작했어요. 컹컹컹 갑자기 천둥 같은 소리로 짖어대는 바람에 도투는 간이 콩알만 해졌어요. 다행히 땅바닥이 아주 단단해 구멍은 조금도 넓어지지 않았어요. 도투는 몸을 웅크리고 죽은 듯 꼼짝 하지 않았어요. 조금 시간이 지나면 시커먼 짐승은 구멍 속으로 들어올 수 없다는 것을 알고 다른 곳으로 가버리고 말 거에요.

'도대체 저 사나운 짐승은 뭘까? 나처럼 네 다리로 움직이는 걸 보니 사람이 아닌 것만큼은 분명해.'

도투는 겁이 나면서도 짐승의 정체가 몹시 궁금했어요.

시간이 지나가 시커먼 짐승은 구멍 속으로 파고 들어가는 건 불가능하다고 깨달았는지 잠시 고개를 갸웃거리며 도투를 쳐다보다가 휙 어딘가로 달려가 버렸어요.

한동안 요리조리 귀를 쫑긋거리며 바깥의 동향을 살피던 도트는 시커먼 짐승이 먼 곳으로 가버렸다고 확신하고 살며시 몸을 일으켰어요. 그때였어요. 등 뒤에서 시끌벅적 요란한 소리가 들렸어요.

"아빠, 여기 좀 봐! 우리 집에 멧돼지가 들어왔어. 멧돼지라고? 아니, 정말 멧돼지가 들어왔네. 어머, 웬 멧돼지람. 정우야! 위험해. 가까이 가지 마. 어서 이리 올라 와. 여보, 얼른 119에 신고해. 정우야, 저쪽에 있는 야구배트 던져줄래? 아빠, 새끼인가 봐 아주 작아. 그물 같은 걸로 잡아서 기르면 안 될까? 정우야, 조그맣다고 얕보면 안 돼. 여보, 위험해요. 얼른 안으로 들어와요."

두 발로 걷는 사람들이에요. 정우네 식구들이 뜰 안에 들어온 도투를 발견하고 야단법석을 떨었어요. 도투가 시커먼 짐승을 피해 들어온 곳이 사람들의 영역이었던 거예요. 도투는 사람들의 말을 알아들을 수 없었지만 사람들의 영역에 들어왔으니 틀림없이 무서운 공격을 받게 될 거라고 생각했어요. 가만히 있다가는 큰일을 당하고 말 거예요. 어서 피해야 해요.

도투는 구멍 바깥으로 고개를 삐죽이 내밀어 주위를 둘러보았어요. 시커먼 짐승은 보이지 않았어요. 도투는 재빨리 몸을 일으켜 구멍 바깥으로 튀어 나갔어요.

구멍을 빠져 나와 오른쪽으로 몸을 튼 도투는 우뚝 멈춰 섰어요. 얼마 떨어지지 않은 곳에서 시커먼 짐승이 어슬렁거리며 걷다가 도투의 발소리를 듣고 귀를 쫑긋 세우며 휙 돌아보기 때문이지요. 시커먼 짐승이 컹컹 우렁찬 소리를 내지르며 도투를 향해 펄쩍펄쩍 내달리는 순간 바위 절벽 한쪽이 펑 뚫어지면서 조금 전에 본 사람들이 큰 소리를 내며 튀어나왔어요.

도투는 아무도 없는 반대 방향으로 내달렸어요. 그런데 갑자기 어디선가에서 사람들이 불쑥 나타나더니 무시무시한 소리를 내지르기 시작했어요. 도투는 앞으로 갈 수도 뒤로 갈 수도 없는 궁지에 몰리고 말았어요. 도투는 빨리 내달려 사람들 옆으로 재빠르게 빠져나가야겠다고 다짐했어요. 옆을 빠져 나가는 순간 사람들의 강한 이빨에 물려 땅바닥에 나뒹굴지도 모른다고 생각했지만 다른 방법이 없었어요. 도투는 이를 악물고 맹렬히 내달렸어요. 그런데 웬일인지 사나운 사람들이 길을 비켜 주었어요.

휴, 다행이에요.

도투는 마른 나무가 빼곡하게 서 있는 조그만 언덕을 넘어 무사히 강가에 도착했어요. 뒤를 돌아보니 시커먼 짐승도 사람들도 더 이상 쫓아오지 않았어요.

엄마의 말을 듣지 않고 혼자 강을 건너 온 것은 정말 잘못한 일이었어요. 크게 다치거나 목숨을 잃었을지도 모를 아주 위험한 일이었어요. 도투는 잘못을 뉘우치며 차가운 얼음판 위로 발걸음을 내딛었어요.

저 멀리 얼음판 위에서 누군가 도투를 향해 힘껏 달려오는 게 눈에 들어왔어요. 엄마예요. 도투가 아무도 모르게 혼자 강을 건너간 것을 알고 엄마가 부리나케 달려오고 있는 거예요. 도투는 목청껏 엄마를 부르며 얼음판 위를 내달렸어요. 엄마가 너무 반갑고 고마웠어요. 그런 엄마를 걱정하게 한 일이 무척 미안했어요. 힘껏 내닫는 도투의 두 눈에서는 맑은 눈물이 쏟아져 내렸어요.

홍범 전유선(弘範 全裕善)
경향신문 신춘문예 동화 당선(1992년)
문화일보 신춘문예 단편소설 당선(2000년)
저서 창작아동소설 『불새』, 장편소설 『시간의 이면에서』

돌부처 파수꾼

정 혜 진

"아니, 이게 뭐야? 왜 이래? 누가 그랬어?"

새벽 일찍 과수원으로 나온 아빠 눈이 휘둥그레졌습니다. 복숭아가 바닥에 떨어져 나뒹굴었습니다.

"애써 지은 복숭아 농사 다 망쳤네. 다 망쳤어!"

한숨 소리가 돌부처 귀에까지 들립니다.

"주인님, 나는 봤지요. 복숭아 훔쳐서 달아난 사람들 말이오."

복숭아 과수원을 내려다보고 있던 돌부처가 안타깝게 중얼거립니다.

"운주가 알면 가만 안 둘 텐데요."

돌부처가 아빠를 향해 다시 말을 합니다. 그러나 아빠는 그 말을 알아듣지 못합니다.

"어젯밤에 도둑이 들었구나. 도둑이 들었어."

아빠는 복숭아밭을 한 바퀴 빙 둘러봅니다. 밭 한 쪽이 휑하게 비었습니다. 어림잡아 열 그루 정도는 되는 것 같습니다.

"또 훔쳐 가면 어쩌지?"

아빠는 밭둑에 털썩 주저앉아 없어진 복숭아 자리를 멍하니 쳐다봅니다.

"지금껏 이런 적이 한 번도 없었는데 잘 익은 것만 훔쳐가다니……"

아빠는 화가 풀리지 않아 일할 생각도 달아나버렸습니다.

산비둘기가 아침을 깨우며 퍼드덕 날아오릅니다. 해님도 산봉우리 위까지 쑥 올라왔습니다.

'띠~릴리~리~ 띠~릴리~리~'

바로 그때 핸드폰 소리가 크게 울립니다. 아들 운주입니다.

"아빠, 빨리 오세요. 아침 식사시간이에요."

아들 목소리에 정신이 번쩍 든 아빠는 떨어진 복숭아를 주섬주섬 주워 담습니다. 초등학교 5학년인 든든한 아들 운주에게 갖다 주려는 것입니다. 운주사가 있는 운주골에서 태어났다고 지어준 이름입니다.

아빠는 봉고트럭을 운전하고 재빨리 집으로 향했습니다. 집까지는 5분 거리입니다.

"와! 복숭아다!"

아빠가 내민 복숭아를 보고 운주가 환호하며 반깁니다. 그러나 금방 얼굴이 찡그러졌습니다.

"왜 이렇게 못난이에요?"

아빠는 아무 말 없이 식탁에 앉았습니다. 너무 속이 상해서 대답도 하기 싫었습니다.

"좋은 건 팔아야지 우리가 먹어버리면 되겠냐?"

엄마가 아빠 대신 한마디 합니다.

"아빠, 저도 복숭아밭에 갈래요. 오늘부터 여름방학이잖아요."

식사를 마친 운주가 아빠를 조릅니다.

"그래, 같이 가자. 잘 익은 복숭아는 얼른 따와야겠다."

운주 입에서는 벌써부터 군침이 돕니다. 단물나는 분홍빛 복숭아가 눈에 선합니다.

아빠 차를 타고 과수원에 도착한 운주가 먼저 내렸습니다.

"저 먼저 가요!"

잽싸게 복숭아밭으로 내달리던 운주가 놀라서 소리칩니다.

"아빠! 아빠! 이게 뭐예요? 왜 이래요?"

뒤따라오신 아빠가 힘없는 목소리로 대꾸를 합니다.

"어제 밤에 누가 와서 따간 모양이야."

"도둑이 들었어요? 훔쳐간 거예요?"

"TV에서 농산물 훔쳐간다는 뉴스를 본적은 있지만 우리가 당할 줄은 몰랐다."

"나쁜 사람들이에요. 고생한 농부들을 슬프게 하는 짓이에요."

"우리 마을엔 아직 한 번도 없었던 일이다."

운주는 화가 나서 견딜 수가 없습니다.

"아빠! 대책이 필요해요. 남은 복숭아는 지켜야지요."

"그래서 아빠도 고민 중이다."

아빠와 이야기를 나누던 운주가 고개를 들었을 때입니다. 복숭아밭 뒤쪽 산에 서 있는 돌부처가 햇볕을 받아 반짝 웃고 있습니다.

"내가 지켜줄게!"

돌부처의 말이 귀에 들립니다.

운주는 돌부처 곁으로 다가갔습니다. 어렸을 때부터 자주 놀았던 곳입니다. 자기네 과수원 뒤에 있다고 해서 운주는 '우리 부처님' 이라고 부릅니다.

"우리 부처님, 복숭아를 지키는 방법이 있겠지요?"

"그럼, 그럼, 머리는 그럴 때 쓰는 거야."

운주는 기분이 좋아졌습니다.

운주사가 있는 천불산에는 돌부처와 돌탑이 아주아주 많습니다. 옛날에는 천불천탑(천개의 부처와 천개의 탑)이 있었던 곳이니까요. 지금은 거의 없어져서 조금 밖에 남아있지 않지만요. 운주사 오른쪽 산 맨 위에는 와불(누워 있는 부처)도 있습니다. 산길을 따라 걷다보면 양쪽 곳곳 바위에 칠성탑도 있고, 돌부처도 많습니다.

그런데 산 뒤편 마을 쪽으로는 과수원 위에 '우리 부처님' 딱 하나만 있습니다. 운주네 부처님 같아서 우리 부처님이라고 좋아한 이유입니다.

"우리 부처님, 어젯밤 복숭아 훔쳐간 나쁜 사람 봤지요?"

"그럼, 답답해 죽는 줄 알았다."

"입이 없어서 말을 못하니까 속 터진 거지요?"

"너희가 유비무환(有備無患 : 미리 준비를 하면 뒷걱정이 없다는 뜻)을 깜빡한 탓이지."

"그래서 말인데요. 제가 입을 만들어 드릴게요."

"네가 그걸 할 수 있다는 거냐?"

"무시하지 말아요. 학교에서 배웠어요. 인터넷으로도 확인했거든요."

"정말이냐?"

"믿어보세요. 진짜로 만들어 드린다니까요."

운주는 한참동안 궁리를 하다가 복숭아밭으로 쪼르르 내려왔습니다.

"아빠, 아빠! 좋은 방법이 생각났어요. 저랑 같이 시내 좀 가요. 어서요."

운주는 과학시간에 배웠던 전자회로와 방범센서에 대해 열심히 설명했습니다.

"그렇게 하면 돌부처가 말을 할 수 있다는 거냐?"

"그렇다니까요. 새콤이나 내비게이션, 전기밥솥에서 말하는 소리 들어보셨잖아요? 똑같은 원리에요."

아빠는 하도 진지하게 설득하는 아들에게 이끌려 차에 시동을 걸었습니다.

"그런데 아빠, 저 혼자는 조금 어려울지도 몰라요."

차에 오른 운주가 아빠 눈치를 살폈습니다.

"아니, 큰소리 탕탕 칠 때는 언젠데 이제 와서 자신이 없다고? 싱거운 녀석!, 그만 집으로 돌아가자."

아빠가 속도를 줄이면서 차를 돌리려고 합니다.

"삼촌 도움이 필요해요. 삼촌은 전자공학과를 다니고 있잖아요. 삼촌이 오면 100% 확실하게 성공할 수 있어요. 당장 전화할게요."

운주는 아빠 전화기로 삼촌을 불렀습니다. 광주에서 대학교를 다니고 있는 막내삼촌은 운주가 하는 말이면 무엇이든지 들어줍니다.

"우리 조카님, 어인 일이십니까?"

"삼촌, 시내 전자부품상가 알죠? 지금 빨리 그곳으로 와야 해요. 위급상황이거든요."

운주는 삼촌 대답도 듣지 않고 '찰칵' 전화를 끊어버립니다. 평소 버릇대로입니다. 그러면 삼촌은 부리나케 달려 단숨에 나타납니다.

전자부품상가 주인은 진지한 표정으로 부품을 말하는 운주가 믿기지 않습니다. 어린아이 말을 들어야할지 말아야할지 몰라 주춤거립니다.

"빨리 찾아주세요. 중요한 일이에요."

운주 재촉에 주인도 아빠도 부품 있는 곳으로 눈이 쏠립니다.

"전선, 스위치, 스피커폰, 밧데리, 센서, 전구, 차인벨, 못, 나사, 검정 테잎, 그리고 카메라, 또…… 우선 이런 것 좀 찾아주세요."

주인은 호기심이 발동해서 더 이상 참지 못합니다.

"너, 꼬마과학자냐? 발명품 개발 중이야?"

"그런 게 있어요. 하나라도 빠지면 안 되니까 꼼꼼하게 챙겨주세요."

바로 그때 헐레벌떡 삼촌이 도착했습니다.

"어이, 조카님, 무슨 호출이 그래? 숨 넘어 가겠잖아!"

"삼촌, 삼촌! 비상사태거든요. 이리 와 봐요. 이런 걸 만들어야 해요. 도와주세요."

운주는 삼촌을 한쪽으로 불러놓고 진지하게 설명을 합니다.

"난 또 뭐라고. 그런 일이 있었어? 재밌겠는데!"

신이 난 삼촌을 보자 운주는 힘이 났습니다.

"우선 점검부터 하자. 가장 중요한 접착제와 판넬이 빠졌잖아."

역시 삼촌입니다. 운주 믿음을 확실하게 굳혀줍니다.

준비물을 상자에 담아서 차에 실었습니다. 계획이 꼭 이뤄질 것 같은 예감에 신이 납니다. 기운이 하늘까지 닿습니다.

"삼촌, 내가 제작자이고 삼촌은 보조 도우미인거 알죠?"

과수원으로 돌아오면서도 운주는 으스댑니다.

"조카님, 성공이나 하고나서 말하세요."

운전을 하고 있는 아빠도 너털웃음을 웃습니다.

복숭아밭에 도착한 운주는 삼촌과 아빠의 도움으로 착착 일을 진행

합니다.

"먼저 주의점을 명심하세요. 이렇게요."

1. 남의 눈에 띄지 않을 것

2. 햇볕이나 비바람에 망가지지 않을 것

"삼촌! 알았죠?"

아빠는 운주의 이런 모습을 처음 봅니다. 어린아이로만 생각했던 아들이 놀랍습니다.

"복숭아밭 입구에서부터 전선을 묻어야 돼요. 밧데리는 우리 부처님 발 밑쪽에 숨기고, 스피커는 귀 뒤쪽 밑에 달아요."

삼촌은 일을 하면서도 조카의 명령에 웃음을 참지 못합니다.

"전구는 어디에 달지? 이럴 땐 삼촌이 아이디어를 내야죠."

"예, 예, 조카님! 센서와 전구는 입구 쪽 나무가 좋겠네. 사람이 나타나면 센서가 작동하면서 불이 켜지게 하는 거야."

"멘트는 뭘로 하지?"

"돌부처 입에서 나올 말이니까 그건 조카님이 정해야지."

삼촌은 운주 작품이라는 걸 강조합니다.

"보여요. 보여요. 다 보여요. 나가세요. 빨리 나가세요."

운주가 우리 부처님이 말한 것처럼 흉내를 냅니다.

"그래, 바로 그거야!"

삼촌과 아빠가 엄지손가락을 치켜듭니다.

세 사람은 하루 종일 낑낑대며 우리 부처님 입을 만드는 일에 몰두했습니다.

"휴~우~! 다 됐다!"

저녁때가 되어서야 겨우 일이 끝났습니다. 해는 벌써 산 너머로 잠을 자러 갔습니다.

"제일 중요한 시험 작동만 남았네요. 아~! 떨려라, 잘 되겠지요?"

운주가 조바심을 냅니다.

잠시 후에 삼촌이 스위치를 올렸습니다.

운주가 복숭아밭 입구에 진입합니다.

갑자기 불이 켜지면서 우리 부처님이 입을 열었습니다.

"보여요. 보여요. 다 보여요. 나가세요. 빨리 나가세요."

이어서 소리음이 울립니다.

"삐~ 삐~ 삐~ 삐~ 삐~ 삐~ 삐삐삐삐~ 삐삐삐삐~"

"대박! 야호~!! 성공! 성공!!"

운주가 좋아서 펄쩍 펄쩍 뜁니다.

"우리 부처님, 오늘부터 밤에 주무시지 마세요. 과수원 지킴이잖아요. 제가 파수꾼으로 임명할게요."

운주가 우리 부처님을 향해 크게 손을 흔들며 말했습니다.

반야심 정혜진(般若心 鄭惠珍)

전남 고흥에서 태어남. 조선대학교 교육대학원 졸업. 아동문예 1977년 동시천료와 1991년 광주일보 신춘문예 동화 당선. 동시집 『달콤 열매』 등 14권과 동화집 『스마일 캐릭터』 6권을 냄. 한정동아동문학상, 대한아동문학상, 세종문학상, 전라남도문화상 등 수상. 초등학교 교과서에 동시 '봄비'와 '내 가슴엔 이 실림, 초등학교 교장선생님을 지냄, 전남여류문학회장

호랑이 모양 우리나라 지도를 누가 지켰을까?

홍 재 숙

"이상하다. 요즘 돌쇠가 통 안보이네."

토끼는 보금자리를 파다가 어깨를 쭉 펴며 고개를 갸웃거립니다.

언제부터인가 나무를 베러 자주 올라오던 돌쇠가 보이지 않습니다. 풀을 베러 오면 산골짜기가 떠들썩하게 웃어대던 장수도, 갑돌이도 안 보입니다.

숲속 친구들은 돌쇠가 징용에 끌려갔다고 수군거렸습니다. 마을을 다녀오는 바람의 말을 들으면 섬나라가 쳐들어와 사람들을 끌어가고 물건도 마구 빼앗아간다고 했습니다.

어제는 눈매가 사나운 낯선 사냥꾼들이 산속을 헤집고 다니는 것을 보았습니다. 등에는 우리 숲속 친구들이 무서워하는 조총을 메고 말이에요.

섬나라가 쳐들어와서는 이 나라를 마음대로 하며 호랑이를 많이 잡으라는 명령을 내렸다고 합니다. 그동안 우리 숲속 친구들은 이 나라 사람들과 친하게 지내왔는데 섬나라가 쳐들어온 뒤부터는 숲속 친구들도 모두 불안해졌습니다.

토끼는 뒤숭숭한 마음을 안고 다시 보금자리를 파기 시작했습니다.

짝꿍인 암토끼가 아기를 낳을 날이 가까워졌기 때문이지요.

토끼는 칡넝쿨이 빽빽이 우거져 쉽게 보이지도 않고 비가와도 물이 잘 빠지는 비탈에 굴을 팠습니다. 굴은 미로처럼 되어있어 적이 와도 피하기 좋고 만약의 경우에는 몰래 밖으로 빠져나갈 수 있는 비상구도 마련했습니다.

굴이 완성되자 토끼는 비상구 쪽으로 가서 밖을 살펴보았습니다. 두런거리는 사람들의 소리가 들려왔습니다.

"이 나라 사람들의 정신이 문제야. 땅 모양이 뭐 호랑이 같다고? 호랑이는 무슨 호랑이야. 나약한 토끼라면 딱 알맞겠구먼. 흐흐흐흐."

눈꼬리가 치켜 올라간 섬나라 순사가 사냥꾼들에게 명령하듯 말했습니다.

"이참에 호랑이 사냥을 적극 추진하시오. 호랑이는 씨를 말려서 사람들의 기를 아예 꺾어버리도록 하시오. 이제부터 이 나라 지도모양은 토끼요. 토끼."

토끼는 가슴이 벌렁거렸습니다. 섬나라가 이 나라 사람들의 정신까지 빼앗으려는 계획이었습니다.

"안되겠다. 우리 임금님께 알려야겠다."

토끼는 임금님을 찾아갔습니다. 토끼임금님은 나이가 많은 할아버지입니다.

"임금님, 안녕하십니까? 저는 저기 칡넝쿨 언덕으로 이사 온 토끼입니다."

"반갑구나. 그런데 무슨 일로 이렇게 나를 찾아왔는고?"

토끼는 섬나라가 이 나라를 빼앗은 일과 지도를 토끼모양으로 바꾸려 한다는 것을 말했습니다. 토끼임금님은 깜짝 놀랐습니다.

"안되지 안 돼. 나라를 빼앗고 지도의 정신까지 바꾸려 하다니. 허허, 이제는 천하의 호랑이들까지 창피를 당하게 되었구면."

토끼임금은 날이 어두워지자 호랑이대왕을 만나 이 일을 의논하려고 굴을 나섰습니다.

뒤를 따라나선 젊은 토끼들이 걱정을 했습니다.

"호랑이대왕도 우리와 생각이 같을까요?"

"호랑이모양이었던 지도를 우리 토끼모양으로 바꾼다고 하는데 가만히 있겠어?"

"또 이 나라 사람들이 산신령으로 생각하는 호랑이를 마구 잡는데 가만히 있겠어?"

토끼임금은 땅바닥까지 닿는 수염을 끌면서 걸음을 재촉했습니다.

호랑이대왕이 사는 굴은 깊은 골짜기에 있었습니다. 골짜기 양쪽은 높은 봉우리들이 구름을 어깨에 걸치고 잠이 들고, 하루 종일 쏘다니던 바람도 숲속에서 쉬고 있었습니다.

"으르르릉!"

어두운 골짜기에서 낮게 부르짖는 호랑이 소리가 들렸습니다. 토끼들이 오는 것을 미리 알고 내 영토에 감히 누가 들어왔느냐는 경고입니다. 토끼들은 바짝 긴장을 하며 토끼임금님 둘레를 에워쌌습니다. 그러자 토끼임금님이 말했습니다.

"너무 걱정하지 마라. 호랑이대왕 체면에 자기를 찾아온 우리를 해치지는 않을 것이다."

그리고는 토끼임금님이 호랑이대왕을 지키는 문지기 호랑이에게 기척을 보냈습니다.

"호로로로, 호로로. 나, 토끼임금인데 너희 대왕을 만나러 왔느니라."

"그럼 잠시만 기다리십시오."

문지기 호랑이의 연락을 받은 호랑이대왕이 마중을 나왔습니다. 큰 몸집에 이마에는 왕王자가 뚜렷한 게 당당한 모습이었습니다.

"친구여, 이렇게 어려운 걸음을 하시다니 어쩐 일이오?"

호랑이대왕은 토끼임금님을 반갑게 맞이했습니다. 토끼임금님은 고개를 숙여 인사를 하고 이 나라가 처한 어려운 현실에 대해 말했습니다.

"으흥, 그래서 사냥꾼이 부쩍 설쳐댔구만. 그 불이 튀어나오는 막대기 때문에 우리의 피해가 말이 아니오."

호랑이대왕은 사냥꾼의 행패를 말하며 그들을 더 이상 그냥 둘 수는 없다고 했습니다.

"그렇지만 그 불을 뿜는 막대기와 맞서 싸울 수는 없습니다. 다른 방법이 없을는지요?"

"우리 호랑이들은 이 땅의 사람들과 친한 사이오. 이야기를 해도 꼭 '옛날 옛적에 호랑이 담배피던 시절에'를 첫머리에 넣어 우리를 대접하고, 엄마 말을 안 듣는 떼쟁이 아이들도 호랑이가 온다는 말 한마디만 들으면 울음을 뚝 그쳤지요."

토끼임금님이 호랑이대왕의 말을 거들었습니다.

"그뿐만이 아니지요. 대왕님을 이 산중의 신령으로 받들고 있습니다."

"그러니 우리도 가만히 있을 수는 없지요."

호랑이대왕은 으허엉 하면서 눈에 노란빛을 내뿜었습니다.

"섬나라 사람들이 지도를 토끼모양으로 바꾼다는 것은 나라의 기운을 꺾어서 영원히 식민지로 두자는 수작입니다."

토끼임금님과 호랑이대왕은 심각하게 머리를 맞대고 의논을 했습니다.

"누구든지 좋은 생각이 있으면 말해 보시오."

"글쎄요. 어떻게 하면 이 나라 형편을 예전처럼 되돌려 놓을 수 있을까요?"

"우리 숲속 친구들이 모두 힘을 합쳐서 이 나라를 도와주어야 체면이 설 텐데……."

모두가 끙끙거리며 머리를 굴렸지만 당장 좋은 생각이 떠오르지 않았습니다.

그때 말없이 앉아있던 토끼 하나가 조심스럽게 말했습니다.

"제가 감히 말씀드려도 될는지요?"

호랑이대왕이 어떤 의견이든 망설이지 말고 말해보라고 했습니다.

"제가 듣기로는 호랑이대왕님은 도술도 부리시는 걸로 알고 있습니다. 지금부터 대왕님이 도술을 써서 이 나라 화공들 꿈에 나타나셔서 호랑이모양의 지도를 그리라고 현몽을 하시면 어떨까요? 산신령으로 나타나서 호랑이모양의 지도를 그려서 집집마다 붙이라고 하면 나라의 기운도 살고 사람들도 용기를 가질 것입니다."

토끼임금님과 호랑이대왕은 고개를 끄떡이면서 좋은 생각이라고 칭찬해주었습니다.

그날 밤부터 온 나라 화가들의 꿈에 수염이 허연 산신령이 나타났습니다.

"그대들이 힘을 모아 나라를 구하여라. 기상이 넘치는 호랑이모양의 지도를 그려서 집집마다 붙이도록 하여라. 그러면 나라의 기운이 살아나서 섬나라를 물리칠 것이니라."

다음날부터 화가들은 모두 호랑이모양의 나라지도를 그렸습니다.

신령님의 꿈 이야기도 입에서 입으로 전해져서 온 나라로 퍼졌습니다. 그날부터 집집마다 화가들이 그려준 호랑이모양 지도가 걸렸습니다. 사람들은 벽에 걸린 호랑이 지도를 보고 절을 하면서 산신령의 보호를 믿고 모두가 새 희망을 갖게 되었습니다.

칡넝쿨 언덕의 토끼굴에도 호랑이모양의 지도가 붙여졌습니다. 귀여운 아기토끼를 키우고 있는 부부토끼의 얼굴도 새 희망에 빛나고 있었습니다.

진여심 홍재숙(眞如心 洪在淑)
국제PEN한국본부회원, 한국문협독서진흥회위원, 한국여성문학인회원,
계간문예이사, 지구문학작가회의감사, 강서문협수필분과위원장
블로多讀독서포럼부회장, 가산문학회회장
저서『꽃은 길을 불러모은다』공저『문인의 꿈 독서의 힘』1, 2권,『세계속의 한민족』,『백제문인』上·下권 외 다수. 한국불교아동문학회지도자상, 강서문학상본상, 계간문예 상상탐구작가상, 허균문학상, 통일부장관상 수상

아동극본

곽영석

칠불암의 문수동자

나오는 사람들

현 감(하동 고을의 원님)
이 방(하동 감영의 인사 비서 등의 사무를 보는 관리) · **큰스님**(칠불암의 스님)
동자승(문수보살) · **스님1~9**(칠불암에서 공부하는 스님들)
예 방(하동 감영의 관리) · **포졸1~7**(하동감영의 포졸들)
백성1~7(하동 고을의 주민들) · **아이1~5**(글방의 소년들)

때 이른 여름
곳 칠불암 절마당과 동헌 마당

무대 이 연극의 무대는 쌍계사의 칠불암과 하동 감영의 동헌으로 나
누어진다. 무대는 조립식으로 꾸며서 어린이들이 등퇴장과 함께 접고
펴게 하는 방법으로 연극을 진행해도 되지만, 조명기기를 사용하게 될
경우에는 불빛으로 장소 전환을 나타내는 것도 좋을 것이다.
　관객석에서 볼 때 왼쪽이 쌍계사의 칠불암과 아자방이다. 이 아자방
은 무대 밖으로 계속되어 무대에서는 지붕처마와 기둥만을 볼 수가 있

다. 그리고 무대 후면에는 동헌이라는 현판이 붙어있는 건물이 있고, 그 앞에 현감의 집무용 의자가 계단 높이 자리하고 있다.

무대가 밝아지면, 방금 부임한 하동 현감이 의자 높이 거만하게 앉아서 이방이 건네 준 문서를 읽고 있다. 그리고 이 동헌의 좌우에는 육방관속들과 감영의 포졸들이 늘어서 있다.

현 감 (문서를 바라보다가) 이방, 칠불암이라면 쌍계사에 있다는 그 암자 말이냐?

이 방 (허리를 굽히고) 예. 가락국의 김수로왕 마마의 일곱 왕자가 성불했다는 곳이 바로 그 암자이옵니다.

현 감 일곱 왕자가 모두 부처가 되었다는 말이냐?

예 방 예. 사또!

현 감 (예방을 바라보다가) 옳지. 예방은 잘 알겠구나. 이 하동현에서 가장 오래 근무했으니까.

예 방 예. 사또. 전해오는 말씀에 의하면….

현 감 (부채를 쫙 펴서 부치며) 그래. 전해오는 말씀이 어떻다는 것이냐?

예 방 가락국 일곱 왕자님들은 외삼촌 되시는 보옥조사를 따라 스님이 되셨고, 쌍계사 칠불암 그 아자방에서 성불하셨다고 하옵니다.

현 감 가만, 거 보옥조사라고 한다면 그 옛날 인도의 아유타부족의 왕자가 아니더냐? 맞지?

이 방 사또어른 맞습니다. 바로 그의 누이인 황옥공주를 맞아 가락국의 김수로왕께서는 일곱 왕자를 낳으셨지요.

현 감 아들만 일곱? 허, 많이도 낳았구나.

이 방 예?

현 감 하나 낳아서 잘 키우기도 힘든 세상에 아들만 일곱씩이나 낳았으니 하는 말이다.

이 방 아 예.

현 감 그래. 쌍계사에서는 지금 모두 몇 분의 스님들이 계시느냐?

이 방 예. 모두 480여명의 스님이 공부하고 있다고 들었습니다.

현 감 (놀라) 뭐? 480명?

예 방 사또, 왜 그렇게 놀라시옵니까?

현 감 괘심한 일이로고. (화가 나서) 신임사또가 부임해 온 지 벌써 보름도 더 되었거늘 아직 시주승 코빼기조차 볼 수가 없다니…

예 방 사또께서는 산중 스님들의 인사를 받고자 하시옵니까?

현 감 그야 물론이다.

예 방 사또어른, 쌍계사의 칠불암과 아자방에서 수도 정진하시는 스님들로 말씀드릴 것 같으면 속세의 인연을 끊고 오직 진리 탐구에만 전념하는 학승들이옵니다.

현 감 (고개를 끄덕이며) 흠, 그래서 신임사또가 부임을 해 왔는데도 얼굴 하나 볼 수가 없었구나.

예 방 그게 저…(난처한 듯) 사또어른, 전임사또나 관찰사, 한양의 암행어사가 왔을 때도 산중 스님들의 인사는 받지 않았습니다.

현 감 (벌컥 화를 내며) 그럼, 인사를 받으려는 내가 잘못이란 말이냐?

이 방 (예방을 바라보다가) 사또, 노여움을 푸시옵소서. (눈치를 살피며)산중의 스님들이라고 해서 인사를 받지 않을 수는 없지요.

현 감 그래그래. 이방은 내 뜻을 알고 있구나.

이 방 사실 말이 났으니 아뢰옵니다만, 경치 좋은 계곡에 대궐 같은 집을 지어놓고 놀면서 시주님들의 공양을 받아먹고 있으니 불손하기가 이를 데 없습니다.

예 방　(이방을 어이없게 바라보다가) 이보시오. 이방, 말은 바로 하랬다고 어찌 산중 스님들을 욕되게 하시려고 그러시오?

현 감　(큰소리로) 예방!

예 방　예. 사또어른.

현 감　산중스님들이 오지 않으면 내가 가서 인사를 받으리라!

모 두　(놀라) 예?

예 방　(어이없다) 사또어른, 칠불암의 아자방에까지 찾아가시겠다는 말씀입니까?

현 감　그래. 얼마나 고매한 인품이기에 신관 사또에게 인사조차 하지 않는지 내 가서 얼굴들을 똑똑히 볼 것이니라.

이 방　(손뼉을 치며) 사또어른, 아주 잘 생각하셨습니다. 물 맑고 경치 좋은 그곳의 풍경을 보시면 사또께서도 근심 걱정은 모두 잊게 되실 것이옵니다.

현 감　허, 그곳이 그토록 아름다운 곳이더냐?

이 방　사또, 백 번 듣는 것보다 한 번 보는 게 좋다는 말이 있지 않습니까?

현 감　옳다. 내 이 기회에 그 스님들을 우리 하동고을에서 완전히 몰아내고 말겠다.

예 방　(걱정이 되어) 저 사또어른, 그럼 쌍계사의 칠불암을 찾아가시는 것이 인사를 받으러 가는 것이 아니고, 스님들을 절에서 내쫓기 위해 가시는 것이옵니까?

현 감　왜? 예방은 그것이 불만인가?

예 방 사또어른, 그러시면 안 되옵니다. 그 스님들은 고을 백성들의 존경을 한 몸에 받고 있는 분들입니다.

현 감 (빈정거리듯) 호, 존경을 한 몸에 받고 있다? (예방에게) 매일하는 일 없이 밥만 먹고 빈둥빈둥 놀고 있는 스님들을 쫓아내고자 하는 것이 뭐가 잘못 되었다는 것이냐?

예 방 사또어른,

현 감 모든 백성이 나라를 위해 변방에 성을 쌓고, 농번기에 일손이 모자라 고양이 손이라도 빌려야 할 마당에 대궐 같은 집에서 놀고만 먹다니 그게 말이나 되는 이야기냐?

예 방 사또어른, 그 그러나

이 방 (예방에게) 예방, 사또어른의 심기가 편치 못하니 그만 두시게.

예 방 (한숨을 쉬며) 알겠습니다.

현 감 이방!

이 방 예이ー.

현 감 말이 난 김에 지금 당장 내가 그곳에 가리라. 가마를 대령하여라. 알겠느냐?

이 방 (놀라)사또어른, 지금 당장에 말씀이옵니까?

현 감 그래. 지금 당장!

이 방 (잠시 망설이다가) 얘들아, 후원에 가마를 대령하라 이르신다! 사또어른 쌍계사 칠불암에 납신다!

포졸들 예이ー.(포졸들 몇이 퇴장한다)

현 감 (만족한 듯)어험!, 이 기회에 신관사또의 강직하고 위엄 있는 모습을 보여 주어야지. (미소를 짓는다)

이 방 (관객에게) 여러분! 이 이야기는 조선 시대 불교가 한창 탄압을 받고 있을 때 이야기입니다. 사또어른이 저렇게 말씀하는 것도 무리가 아니지요. 아무튼 산중 스님들이 봉변을 당하시게 되었으니 이를 어쩌면 좋지요?

현 감 우리나라에서 제일 먼저 창건된 유서 깊은 칠불암과 쌍계사를 없애면 조정의 대감들도 나를 새롭게 보실 거야 암. 그렇지. 허 허(기침) 어험!

예 방 (허리를 굽히고) 사또어른, 그 칠불암의 아자방은 그동안 수많은 도인들이 나온 불교의 요람입니다.

현 감 (버럭 화를 내며) 예방, 예방은 산중스님들에게 아첨하고 본관이 하고자 하는 일에는 사사건건 반대만 할 셈이냐?

예 방 사또!

현 감 에이―. 듣기 싫다. (예방을 향해) 이방은 나를 따르라!

이 방 (예방에게 그거보라는 듯 눈짓을 하고 현감을 따른다) 에이―.

＊ 현감과 이방이 퇴장하려고 할 때 사찰의 범종소리가 들려온다. 무대의 불빛이 어두워지기 시작한다. 사이―, 칠불암 쪽이 밝아지면, 현감과 이방, 포졸들이 동헌의 뒤쪽에서 나타나 칠불암과 동헌의 경계 지점에 이른다.

현 감 (숨이 찬 듯 호흡을 몰아쉬며) 아, 숨이 차다. 엎드리면 코가 닿을 듯 가까워 보이는 길이 제법 멀구나.

이 방 그래도 (주위를 돌아보며) 이곳의 경치하나는 그만이죠.

현 감 그렇구나. (주위를 살피며) 맑은 계곡물하며, 싱그러운 소나무 숲 아름다운 바위틈마다 이름 모를 꽃들이 한창이로구나.

이 방 (은근하게) 사또어른, 칠불암의 아자방을 꼭 구경하실 생각이 옵니까?

현 감 (웃으며) 왜? 그토록 유명하다는 아자방을 관할 사또로서 보지 말라는 법이 있더냐? 혹 내가 보지 말아야 할 것이라도 있느냐?

이 방 아 그것은 아니옵고…

현 감 허허허허, 무엇을 망설이느냐? 보아하니 그 산중 스님들에게 봉변을 당했던 모양인데 난 그런 일이 없을 테니 걱정하지 마라.

이 방 예.

현 감 (경계지점에서 뜀뛰기를 하듯 폴짝 뛰어 칠불암 쪽으로 건너간다) 이방, 연극이라서 그런지 십리 길이 한 걸음이면 되는구나.

이 방 (현감이 한 것처럼 폴짝 뛰며) 예. 연극이니까 그렇지. 실제 걸어가면 한나절도 더 걸리지요. (포졸들도 뛰어 건넌다)

현 감 (좌우를 살피며)그런데, 그 많다는 스님들이 안거하고 있다는 절이 왜 이렇게 고요하냐?

이 방 예. 제가 보기에도 이상합니다.

현 감 내가 온다는 것을 짐작하고 모두 도망을 간 것은 아니냐?

이 방 도망이라고요?

포졸 1 사또 나으리, 방안에서 글 읽는 소리가 들립니다요.

현 감 (잠시 귀를 모으고 듣다가) 그러면 그렇지. 한두 놈은 남아 있어야지.

　＊ 이때 아자방의 뒤쪽에서 동자승이 불소시개를 들고 등장한다. 동자승은 현감 앞에 이르러 빙글거리고 웃는다.

이 방 이 녀석아, 왜 겁도 없이 히죽거리고 웃는 게냐?

동자승 해해해. 나리, 여기에는 소나 개나 말은 한 마리도 없답니다. 그런데, 한 놈 두 놈 헤아리는 것은 개나 소를 헤아릴 때 쓰는 말인데, 나리 일행이 개나 소가 아니거늘 누구를 보고 이놈 저놈 하시는지 그것이 우스워서 웃었사옵니다.

현 감 (어찌할 바를 몰라서) 허-, 이놈 봐라!

이 방 아니 어린 것이 어느 안전이라고.

현 감 어린 녀석이 무척 당돌하구나. 예, 동자야, 그래 주지스님은 어디 계시느냐?

동자승 예. 아침에 금강산의 화홍 선사님의 법문을 들으러 가셨는데 곧 오실 것입니다.

현 감 (버럭) 예끼, 이놈 거짓말을 해도 속게 해야지. 금강산이 여기서 천리 길도 더 되거늘 아침에 가서 좀 있다가 돌아온다고?

동자승 예. 곧 오실 것입니다.

현 감 허허, 그래도 이놈이?

이 방 (동자승에게) 그럼, 주지스님이 축지법이라도 한다는 말이냐?

동자승 (웃으며) 이방어른, 그렇게 쉬운 도술은 이곳의 스님들은 벌써 깨우쳐 알고 있지요.

현 감 (입맛이 쓰다) 어험!

동자승 그런데 하동현의 나리들께서 어쩐 일로 이 산중에까지 오셨는지요?

현 감 허, 내가 어쩌다 이런 간난 동자승을 상대하게 되었는가?

이 방 여기 신관 사또께서는 그 이름도 유명한 칠불아자방을 보고 싶으셔서 이곳까지 직접 찾아오셨다. 네가 안내 하여라!

현 감 (위엄을 갖추며) 어험!

동자승 제가 안내하는 것은 어렵지 않습니다만, 모든 스님들이 방안에서 공부하고 계시므로 내부를 보여드리지는 못합니다.

현 감 (기가 막힌 듯)예야, 이 절에는 너 말고 상좌나 나이든 스님들은 없느냐?

동자승 모두 공부에 전념하고 계십니다. 제게 말씀하시지요.

현 감 좋다. 우선 저 (가리키며) 아자방을 열어보아라!

동자승 예. 이제 막 공부를 시작하였으니 서너 시간은 기다리셔야 하겠습니다.

현 감 괘심하구나. 내가 이 고을에 현감인데 현감이 백성들의 모습을 살피기 위해 찾아 왔거늘 기다려야 한단 말이냐?

이 방 물러 서거라. 어서 !

동자승 (두 팔을 벌려 막아서며) 죄송합니다. 조정의 영상대감께서도 본도의 관찰사도 그러하셨습니다. 수행하는 스님들을 방해하지 말아주십시오.

이 방 (현감의 눈치를 보며) 사또어른, 아자방은 다음에 보시지요.

현 감 듣기 싫다. (포졸들에게) 애들아, 저 아자방의 문을 열어라!

포졸들 예이—.(우르르 달려들어 아자방의 문을 연다)

현 감 (방안을 바라보다가) 아니, 아니, 저 꼴이 다 무엇이냐? 차마 눈을 뜨고 못 보겠구나.

포졸 2 사또나리, 모두가 낮잠을 자는지 반은 꾸벅거리고 졸고 있사옵니다.

현 감 아자방에는 도인들만 수도한다고 들었는데, 수도하는 스님들의 자세가 바로 이런 것이었더냐?

동자승 (태연하게) 사또어른, 스님들의 자세가 뭐 잘못되었습니까?

이 방 저기 저 모습을 보면 모르겠느냐?

포졸 3 저기 방안에 앉은 스님은 천정을 뚫어져라 바라보고만 있습니다.(혼잣말처럼) 천정에서 내려오는 거미를 잡으려나….

동자승 하하하하, 저 스님은 '앙천성숙관仰天星宿觀' 이라는 공부를 하고 계신 것입니다.

모 두 앙천성숙관?

현 감 뭣이? 이놈아, '앙천성숙관' 이라면 여기 있는 관객들이 알아듣겠느냐?

이 방 애야, 그게 무슨 말이냐?

동자승 말씀드리지요. '앙천성숙관' 이란 넓고 넓은 우주에 흩어져있는 별들을 관찰하여 천문을 깨닫고자 하는 공부입니다.

현 감 험, 네 말솜씨가 제법이구나. 그래. 우주의 신비를 깨달아서는 무엇을 하느냐?

동자승 하늘나라에 태어난 중생들을 제도하는 것입니다.

현 감 허허허…. 그도 그럴 듯하구나.

이 방 (입맛을 다시다가) 그럼, 내가 한 가지 묻자.

동자승 예.

이 방 (가리키며) 저기 위쪽 윗목에서 방아 개비처럼 온몸을 흔들고 있는 스님이 있는데 저것도 공부를 하는 것이란 말이냐?

동자승 예. 바로 보셨습니다.

이 방 뭐? 저것도 공부라고?

동자승 예. 그렇습니다. 저 스님이 하는 공부는 '춘풍양류관春風楊柳觀' 이라는 공부이지요.

포졸들 '춘풍양류관' ?

동자승 자세히 말씀드리면, 봄바람에 실버들이 나부끼는 것과 같이 탐욕으로 눈이 어두운 세상 사람들의 마음을 편안하고 자유스럽게 해주는 공부이지요.

현 감 그건 그렇다하고 아랫목에서 방귀를 퉁퉁 뀌고 앉아있는 저 스님도 공부를 하는 것이냐?

동자승 물론입니다.

현 감 (빤히 바라보며) 공부를 한다고?

동자승 예. 그건 '타파칠통관打破剩筒觀' 이라고 합니다.

포졸 5 타파칠통관이 뭐야?

포졸 3 공부 좀 해라. 공부 좀!

포졸 5 그럼 넌 알아?

포졸 3 동자승한테 들어 봐!

동자승 '타파칠통관' 이란 사람이 무식하여 남의 말을 듣지 않고 제 고집대로 하려는 어리석은 사람들을 깨닫게 하는 공부입니다.

현 감 어허, 이놈 말솜씨가 제법이다 했더니 제법 까부는구나.

포졸 3 (가소롭다는 듯) 야, 이 젖먹이 놈아, 저기(가리키며) 저렇게 머리를 무릎에 대고 코를 골고 자고 있는 스님도 공부를 한단 말이냐?

동자승 그 스님은 지금 '지하망명관地下亡命觀' 을 연구하고 계십니다.

현 감 뭣이라? '지하망명관?

동자승 사또어른, 사람이 죄를 짓고 죽으면 땅속에 있는 지옥으로 들어가서 심판을 받게 되지요. 그래서 그들을 무슨 수로 어떻게 구제를 할 것인가를 연구하고 있는 것입니다.

현 감 (잠시 허공을 바라보다가) 어린 네가 이처럼 말솜씨가 좋으니 이곳에 있는 스님들이야 말해서 무엇 하랴. 얘들아, 그만 가자.

포졸들 예.

이 방 사또, 그냥 가시옵니까?

동자승 사또어른, 조금 있으면 금강산에 가셨던 큰스님이 돌아오실 텐데 만나 보시고 가시지요.

현 감 그럴 필요 없다! 이방,

이 방 예.

현 감 이 쌍계사와 칠불암의 모든 스님들을 초대한다는 공문을 저 동자에게 주어 주지에게 전하게 하여라.

이 방 예. (옷소매에서 두루마리 공문을 꺼내준다) 큰스님에게 전하여라.

동자승 (두 손으로 받으며) 알겠습니다. 사또어른께서 산중스님들을 이렇게 초대하여 주시니 정녕 고마울 따름입니다.

현 감 (빙긋이 웃으며) 고맙다니 내 마음도 기쁘구나. 꼭 주지에게 전해서 산중 스님 전원이 참석해야 한다고 일러라!

동자승 (허리를 굽히며) 예.

　＊ 현감과 이방, 포졸들이 퇴장한다. 동자승은 이들의 모습을 바라보고 빙긋이 웃다가 돌아 서서 아자방의 방문을 닫는다. 사이-, 동자승이 두루마리 공문을 가슴에 안고 무엇인가 생각하고 있는데 큰 스님과 몇몇 스님들이 들어온다.

큰스님 동자야, 무엇을 그리 생각하고 있느냐?

동자승 (인사하며) 큰스님, 지금 돌아오십니까?

큰스님 칠불암에 무슨 일이 있었구나. 네 눈에 남을 원망하는 마음이 살아 있으니 무슨 일이냐?

스님들 무슨 일이냐?

동자승 예. 방금 전에 하동현의 현감이 포졸들을 거느리고 다녀갔습니다.

모 두 현감이?

큰스님 거 이상하구나. 사또가 이곳까지 직접 나온 것은 무슨 연유가 있었을 터인데 성 쌓는 일에 젊은 스님들을 보내달라는 것은 아닌 지?

스님 1 우리 스님들을 내쫓으려는 것은 아닐까요?

스님 2 그래요. 전임 사또도 그 일로 몇 차례나 공문을 보내오지 않았습니까?

동자승 (공문을 큰스님에게 주며) 이 공문을 큰스님에게 전하라고 하였습니다.

큰스님 (공문을 받아 훑어보고는 깜짝 놀란다) 무엇이? 목마를 타고 동헌 마당을 돌아야 한다고?

스님 3 큰스님 무슨 일이옵니까?

큰스님 (혼잣말처럼) 이것은 우리 스님들을 모두 몰아내고 이 땅에 불교를 없애려는 속셈이로구나.

스님들 큰 스님!

스님 3 (큰 스님의 공문을 받아서) 자, 제가 읽겠습니다. (공문을 펼친다) 본관은 신임 하동현감으로 그동안 대덕들의 법력을 익히 알고 있던 터. 오는 보름날 아침 동헌 마당에 목마 한필을 준비하고 백성들과 산중스님들의 수승한 법력을 보고자 하니 스님들은 한 분도 빠짐없이 참석하시기 바랍니다.

스님 5 (모두에게) 아니, 이럴 수가 있습니까?

스님 4 (3에게 편지를 받아서) '일찍이 머리를 깎고 스님이 된 것은 수행을 위한 것이며, 그 수행은 세상 모든 중생들을 제도하고자 함이었으니 수승한 법력으로 목마를 타고 달린다면 본관은 쌍계사는 물론 관할 모든 사찰에 상을 내릴 것이요. 만약에 목마를 타고 달리지 못한다면 헛되이 시주의 은혜를 소비한 죄를 물어 산중스님 전원을 이 고을에서 추방할 것입니다. 명심하시기 바랍니다. 하동현감 곽영석'

스님들 (두 손을 모아 합장하며) 나무관세음보살!

큰스님 나무관세음보살, 우리가 부처님의 가르침을 널리 펴지는 못할망정 더욱 탄압을 받게 되었구나.

스님 4 부처님의 가피로 기적이 일어나지 않고서야 어찌 나무로 만든 말을 타고 동헌 마당을 돌 수가 있겠습니까?

큰스님 여러분, 산중스님들은 순교한다는 마음으로 부처님께 이 어려운 문제를 풀 수 있는 지혜를 청합시다.

스님 6 정말 생각하지도 못했던 날벼락입니다.

큰스님 노여워하거나 슬퍼하지 마십시오. 보름날까지는 아직 기일이 남아있으니 용맹기도로 부처님의 가피를 청합시다. 나무관세음보살.

모 두 나무관세음보살.

동자승 큰 스님.

큰스님 동자야, 걱정하지 말거라. 네게는 화가 미치지 않을 테니까.

동자승 큰 스님, 제가 그 목마를 타보고 싶습니다.

모 두 뭐?

큰스님 네가 그 목마를 타 보겠다고?

동자승 예. 그까짓 목마를 타는 일이 뭐가 어렵습니까? 제가 타 보겠습니다. 목마를 타고 동헌을 한 바퀴 돌면 되는 거지요?

큰스님 동자야, 네 말은 고맙다만, 목마를 타고 어찌 동헌을 돈단 말이냐?

동자승 큰 스님, 문제없습니다. 걱정하지 마셔요. 제가 보름날 아침 목마를 타고 동헌 마당을 신나게 돌아보겠습니다.

스님 7 (어깨를 다독거리며) 동자야, 고맙다. 하지만 네 힘만으로는 어쩔 수 없는 일이야.

동자승 아이 염려마시라니까요. 제게는 하동현감이 준비한 목마를 타고 달릴 수 있는 꾀가 있습니다.

모 두 꾀?

큰스님 무엇이? (놀라) 넌 스님들의 음식 공양을 하는 공양주인데 어떻게 신통스런 일을 할 수가 있단 말이냐?

동자승 큰스님, 제가 그 목마를 타서 현감의 코를 납작하게 만들겠습니다.

스님들 애야.

동자승 스님들, 염려 마셔요. 온 산중 스님들께 화가 미치게 하지는 않겠습니다.

스님 8 큰 스님!

큰스님 동자야, 네 뜻이 정녕 그러하다면 그리 하여라!

동자승 (합장하며) 큰 스님, 고맙습니다. 고맙습니다.

＊ 범종소리가 들린다. 이어 목어를 두드리는 소리- 무대의 불이 꺼진다. 그 어둠속에서 아이들의 노래 소리가 들려온다. 그 사이 하동현 동헌 무대가 차려진다. 동헌의 한쪽 구석에는 목마의 머리가 반쯤 보인다.

합 창

아느냐 이름 높은 칠불아자방
거룩하신 장유화상 이룩하신 절
수로왕과 허씨 부인 일곱 왕자가
성불했다고 그 이름 칠불이라네.
보았니 문수동자 목마 달린 거
심술궂은 하동현감 목마 가지고
스님 네의 도술을 시험해 볼 때
목마 달린 그 아기 문수동자라네.

＊ 노래가 끝나면, 동헌이 밝아진다. 보름날 아침, 스님들과 백성들이 마당으로 모여들고 동헌의 높은 의자에는 현감이 앉아있다. 그 좌우에는 육방관속들과 포졸들이 늘어 서 있다.

큰스님 (합장 인사한다) 사또어른, 칠불암의 조실 현덕입니다.
현 감 (웃으며) 허허허, 어서 오십시오. 이렇게 고승 대덕들을 만나 뵈니 감개가 무량합니다.
큰스님 속세의 인연을 끊고 사는 산중스님들을 초청하여 주시니 그저 고마울 따름입니다.
현 감 예. 아무튼 반갑습니다. 더욱이 고승 대덕들의 훌륭하신 법력을 볼 수 있게 되어 고을 백성들과 더없이 기쁩니다.

큰스님 (무거운 신음) 음—,

현 감 여봐라! 준비 되었느냐?

모 두 예.

현 감 (돌아보며)들거라. 오늘 쌍계사와 칠불암의 크고 작은 암자에서 수도하는 여러 고승들의 고매한 법력을 직접 볼 수 있게 되었다. 나는 스님들과 다음과 같은 약속을 하였다.

모 두 (웅성거린다)

현 감 조용, 에— 그것은 여기 계시는 고승 대덕들께서 저 목마를 타고 이 동헌마당을 돌면 큰 상을 내릴 것이요, 만약 목마를 타지 못하면 헛되이 시주의 은혜를 소비한 죄를 물어 이 고을에서 추방할 것이다.

백성들 (웅성거린다) 추방? 목마를 타라고?

이 방 조용, 조용히 하라!

백성들 (스님들을 본다)

현 감 (자리에서 일어나 의기양양해서) 자, 그럼 스님들의 도력을 보여 주시지요.

예 방 (눈을 감고 합장하며) 오, 이일을 어찌하면 좋은가?

큰스님 예. 목마를 타 보이겠습니다.

백성들 (웅성거린다)

동자승 (앞으로 나오며) 큰 스님, 제가 목마를 타 보이겠습니다.

큰스님 동자야!

현 감 아니, 넌 그때 그 동자가 아니더냐?

동자승 예. (인사하며) 사또어른, 저희 불가의 작은 재주를 보시고자 하

는데 큰 스님까지 수고하시게 해서야 되겠습니까? 제가 저 나
무 말을 타 보일 테니 허락하여 주십시오.

현 감 그래? 자신만만하구나. 네가 정말 말을 탈 수 있다고 (자리에 앉
는다) 좋다. 네가 타도록 해라!

동자승 (스님들에게) 여러 산중스님들께서는 사또어른의 점심공양을
드시고 천천히 오십시오. 저는 저 목마를 타고 먼저 칠불암에
가 있겠습니다. 청소를 하다가 왔거든요.

스님들 나무관세음보살.

동자승 (목마가 있는 쪽으로 가서 말을 탄다) 이럇, 목마야, 칠불암으로
가자!

　＊ 목마의 머리가 담 밖에서 좌우로 움직이다가 말울음소리와 함께 발
굽소리가 요란하게 사라진다. 모두 놀라서 말이 사라지는 쪽을 바라보다
가 다시 놀란다. 현감은 입을 다물지 못하고 멍하니 바라보고만 있다.

예 방 아니, 저 (가리키며) 하늘 좀 봐라. 목마가 하늘을 날아간다!

백성들 와―

아이 2 목마가 하늘을 날았어.

아이 4 와, 정말 신기하기도 하지. 어떻게 목마를 몰고 하늘을 날 수가
있지?

아이 1 아기스님이 저런 도술을 부린다면 쌍계사스님들은 굉장할 거야.

아이들 그래그래.

현 감 (뜰로 내려와서 바라보며) 이게 꿈은 아닌가? 불법은 불가사이
하다더니….

스님들 (안도하며)나무관세음보살.

큰스님 (염주알을 헤아리며) 문수동자가 산중스님들을 살리기 위해서 오셨구나. 문수사리 보살님. 감사하옵니다.

현 감 (큰스님 앞으로 와서) 큰 스님 제가 너무 경솔하였습니다. 사과 드립니다.

큰스님 이제 우리 산중스님들은 돌아가도 됩니까?

현 감 죄송합니다. 오늘부터 관내 모든 사찰의 의식공양은 물론 이 못 난 위인도 부처님에게 귀의해서 가르침을 배우겠습니다.

큰스님 고맙습니다. (백성들 박수를 친다)

   * 범종소리가 들려오며 불이 꺼진다. 다시 무대가 밝아지며 출연한 모든 사람이 무대 앞으로 늘어서 노래를 부른다.

합 창

보았니 문수동자 목마 달린 것

심술궂은 경상감사 목마 가지고

스님네의 도술을 시험해 볼 때

목마 달리신 그 아기 문수동자라네.

막-.

호천 곽영석(湖天 郭永錫)
73년 한국일보신춘문예에 등단
한국아동·청소년극협회 이사장
16회청소년예술제희곡상 수상
제10회 학교극경연대회 최우수각본상
저서 『마법사의 황금동화책』 등 희곡집 12권 등

수필

박춘근

지난, 그 어느 날의 이야기

박 춘 근

가을이 조용히 다가오는 9월, 36개월의 군軍생활을 마치고 누구나 기다려 온 전역轉役이었건만 내겐 그리 반가운 일이 못되었다.

일찍이 밀어닥친 가난에 집안은 풍비박산이 되었고, 가족은 뿔뿔이 호구지책糊口之策을 찾아 이곳저곳으로 헤어진 그때였다.

1960년대 초, 그때나 50년이 지난 지금이나 별반 다를 게 없었으니, 특히 일자리 구하기란 하늘의 별따기가 아니던가?

대구 근교近郊에 위치한 육군陸軍 제50사단에서 제대에 앞서 받는 영농교육營農教育마저 마쳤으니 이젠 완전한 예비역으로 편입編入되었다.

어찌되었던 목구멍이 포도청이라 살아남아야 하나 어쩌나 하는 게 문제였다.

시골 놈에게 갑자기 서울생활이란 적응도 되지 않았지만 한시라도 이곳에서는 배겨날 수가 없었다.

하루속히 이 고통에서 탈출脫出하고자 탕아蕩兒처럼 나는 이곳저곳 온 누리의 산천경계山川境界 유람이나 하고자 결심하였다.

처음부터 '어디의 어느 곳으로 간다' 는 목적이나 계획은 전혀 없었다.

무전여행無錢旅行 그 자체이니 물 맑고 산山 좋으면 그곳에서 잠시 쉬었다 가고, 또 그렇게 가다가 풍광風光이 빼어나고 명산절경名山絶景에 이르면 거리낌 없이 몇몇 날 쉬어가기로 했다.

쉽게 말하면 여행가 박동현 교수가 쓴바 있듯 내 자신이 '구름에 달 가듯' 정처 없는 나그네 신세였다.

서울에서 시작해서 수원 용주사를 기점起點으로 하여 삼보사찰三寶寺刹인 송광사, 통도사, 해인사 등 삼남三南의 유명한 사찰은 거의 빼놓지 않고 탐승探勝에 참배參拜를 한 셈이다.

정녕, 이곳에 오라는 이도 없고, 어느 곳이던 나를 기다린다는 사람은 더더욱 없다. '바람 따라 구름 따라' … 어느새 경상도 지방으로 흘러들었으며, 집 떠난 지도 근 2개월여가 되었으며, 계절은 가을을 지나 어느새 영하零下의 겨울의 문턱에 이르렀다.

이왕 나선 김에 내 스스로 버린 고향땅, 고향집이건만 어디 한번 못 잊어 찾아보자. 그리하여 발걸음은 벌써 고향땅 고향집에 닿았다.

갑자기 헤어진 가족, 형제가 그리웠다. 동생들은 지금 어디에서 살며, 또 끼니는 제대로 챙기는지, 혹시 병은 나지 않았을까? 아니면 나쁜 곳으로 빠지지는 않았는지, 고향집 마당에 이르기까지 통한痛恨의 가슴은 찢어질 것만 같았다.

늦은 저녁 동네 어귀에서 소꿉동무를 만났다.

모두가 정답게 맞아주었고, 조용한 주막에서 부풀어 헤진 잔치국수로 저녁을 대신하고 막걸리 한 사발 주거니 받거니 하며 지난 어릴 적 동심童心의 세계로 꽃피웠다.

동무들과 언제 어디에서 다시 만나자는 기약도 없이 헤어진 나는 밤 열차에 몸을 싣고 김천역에 내린 시간이 깊은 밤 자정이었다.

점점 매서워지는 겨울날씨는 내 살갗을 에이었고 대합실에는 나처럼 갈 곳 없는 이들, 행려자·노숙자行旅者·路宿者 서너 명이 자꾸만 식어가는 연탄난로에 싸늘한 몸을 의지하며 껌벅껌벅 졸고만 있다.

나도 언 몸을 잠시나마 녹이고자 빈자리를 찾아 앉았다. 시장끼는 졸음을 더욱 불러왔고, 그것을 이겨내는 최상의 방법은 억지로라도 잠을 청하는 것뿐이었다.

새벽은 어김없이 찾아오는 법, 차디찬 수돗물로 배를 채운 나는 죽을 힘을 다해 한없이 국도國道를 따라 북쪽으로 북쪽으로 걷고 또 달렸다.

불현듯 한 생각, 그래 황악산 직지사直指寺를 찾아가자.

그곳에는 내가 아는 스님 한 분이 있다. 하루 길이면 어떠하고 또 이틀이면 어떠하랴, 오후 늦게서야 황악산 직지사의 일주문一柱門에 다다랐다.

마침, 평소에 친분이 있는 스님의 도움으로 나는 그곳에서 추운 겨울만이라도 기숙寄宿하기로 했다. 아니 구세주 같은 스님의 허락으로 삼동三冬을 이겨낼 보금자리를 마련한 셈이다.

어찌 되었던 절집에서는 배고픔만은 벗어날 수 있다. 그리고 따뜻한 온돌방에 편히 잠들 수가 있지 아니한가.

다음날부터 나는 직지사 큰 절의 이름 없는 한 사람 말석末席의 식객食客이 되었다. 소임所任은 산감山監이었으며, 가끔은 부목負木, 곧 머슴을 도우기도 하였다.

산감이란 지역주민들의 도벌盜伐과 입산入山을 통제하는 자리였으며,

한마디로 저 넓은 직지사의 황악산을 지키는 산 지킴이었다.

사찰 입구의 극락교極樂橋에서부터 아예 산에 못 들어가게 막아서는 것이 주 임무였다. 아침 8시부터 일몰日沒시까지가 나의 하루 일과日課로서 그리 쉬운 일은 아니었다.

절집의 머슴인 두 사람의 부목과 함께 외진 곳 농막農幕에서 잠을 잔다. 이곳은 나의 유일한 휴식공간이고, 이른바 극락極樂이 따로 없었다.

가끔 절집의 큰 불공佛供이나 재齋가 들면 큰 심부름 작은 심부름 가리지 않고 부지런히 한다. 무사히 끝나면 대중에게 골고루 나누어주는 보시普施가 나를 즐겁게 했다. 이 돈을 모은 나는 원주院主 스님의 허락을 받아 김천 시내에 나가 평소에 보고 싶은 책을 여러 권 사들고 온다. 큰 법당 노전 스님에게 얻어온 촛불을 켜고 사온 책들을 밤늦게까지 읽고 또 읽었다.

현대문학, 자유문학은 기본 필독서必讀書이고, 고시계, 사상계考試界, 思想界도 빼놓지 않았다. 지금 생각해도 그때 참 여러 분야의 많은 책을 읽고, 그 책속에서 마음의 양식과 일상적인 상식, 지성知性으로 가는 고급 지식을 습득習得한 것 같다.

50여 년이 지난 어느 날, 젊은 시절 나의 슬픈 이야기이다. 사람은 누구나 예외 없이 나이가 들면 '추억에 산다' 했다. 그때 그 시절이 그립고 언제인가 한번은 꼭 그곳으로 달려가고 싶다.

그때, 내 나이 20대 초반, 무작정 떠난 무전여행, 그 긴긴 장정長征을 지금 새롭게 시도해보고 싶다. 무엇보다도 김천 황악산 직지사에서 산감, 부목으로서의 식객노릇 제대로 하며 그때 그 옛 모습을 소롯히 되새겨 보고 싶다. 어쩌면 그것은 나의 애환哀歡이고, 한편으로는 미래를 위한 위대한 도전挑戰이었기에 더욱 애잔하고 가슴속에서 쉬이 떠나지 않는다.

'젊어서 고생은 사서도 한다' 했던가? 지금 곰곰이 되새겨보면 육체적으로는 매우 고달픈 나날이었으나 하찮은 산감과 부목으로서의 식객 노릇을 해도 마음만은 가장 평온하고 행복했던 시간이었다.

산감, 그 황악산 직지사 식객으로서의 몇 년은 부인할 수 없는 내 소중한 인생이고, 영원히 기려도 좋을 나의 역사이다.

그것이야말로 진정 잊어버릴 수 없는 고절孤節한 수확의 시간이었다. 지금 돌이켜보면 관조觀照와 성찰省察을 가져다준 위대한 시간이었음을 나의 비망록備忘錄에 지금까지 자랑스레 기록한다.

도현 박춘근(道現 朴春根)
경북 경산 하양에서 태어남, 수필가, 동시인, 무궁화애호가
(사)한국문협 월간문학 편집위원, (사)한국무궁화연구회 고문
(사)한국종이접기협회 감사, 한국아동문학연구회 회원
수상 : 국화발전향상 및 무궁화애호운동공적 대통령 표창 외

기행문

정명숙

숙이의 유람선 문화 엿보기

정 명 숙

1. 숙이 너 안 죽었어, 얼마나 오래 살려고 쯧쯧

내가 이 세상에서 제일 무서워하는 게 있다면 단연 물이다.

갯바위에서 똥 폼 잡다 미끄러져 빠져 죽을 뻔한 곳도, 수영을 배우다 물의 공포를 못 이겨 락스물에 빠져 허우적거린 곳도 모두 물이 있는 곳이었다. 그래서 그런지 내가 가위에 눌려 식은땀을 흘려댈 때는 백발백중 물에 빠졌거나, 빠지지 않으려고 손아귀에 잡히지도 않는 바위를 갉아대고 있을 때이다. 꿈속에서 접시물만 보여도 도리질을 쳐서 깨려고 애를 쓸 정도로 난 물과는 상극인 사람이다.

이런 처지다 보니 5박 6일을 물위에만 떠 있어야 하는 유람선 여행 건으로 별 시답지 않게 유서 같은 일기를 쓴 것은 당연한 일이다. 거제 해금강의 비경을 돌아보는 몇 시간의 코스도 아니고, "낚시하세요!" 라는 구령에 따라 낚싯대 들이밀고 하루 종일 바닷고기를 낚아채는 손맛에 시간가는 줄도 모르는 고래유선도 아니니 말이다. 이런 배는 몇 시간만 눈 딱 감고 그 분위기를 즐겨주면 되는 것이다. 그런데 엿새라니?

남들이 보면 별 시답지 않은 일로 유서타령 운운하는 내가 웃기겠지만, 多水공포증이 있는 내겐 비장한 심정이었다.

일주일가량을 망망대해 위에 떠서 먹고 자고 한다는데 변덕이 심한 태풍이란 놈이 내가 탄 배를 가만히 내버려둘까? 초호화 유람선이라는 타이타닉도 암초에 걸려 모두 수중귀신이 되었는데 그보다 작은 이 배를 어떻게 믿나? 타이타닉처럼 된다면 나는 탈출하기도 전에 놀래서 제일 먼저 기절해 죽을 것이다! 아직 할 일도 많고 못해본 일도 천지인데 죽으면 억울해서 어떡하나? 웬 놈의 기우는 그리도 줄줄이 사탕처럼 이어지던지….

나중에 살아 돌아와 이 글귀를 보니 어찌나 유치찬란하던지.

숙이 너 안 죽었어, 얼마나 오래 살려고 쯔쯧.

울 엄마가 이 사실을 알면 또 지애비 닮아서 저렇게 호들갑이라고 면박 줄 것은 뻔한 노릇이다. 등짝에 조그만 종기하나 난 걸 가지고 암에 걸렸으니 니 엄마한테 알리지 말라고 이순신 장군처럼 비장하게 외치던 아빠였으니 말이다.

하여튼 부녀지간의 못 말리는 호들갑은 알아줘야 한다니까.

〈중간 제목 2.부터 6.까지는 생략함.〉

7. 갤럭시 오브 더 스타의 어설픈 카리스마

이곳은 하루 종일 공연이 그치지 않는 곳이다. 오전 7시 몸 풀기부터 새벽 2시 영화 상영이 끝나는 시간까지 19시간동안 무엇을 하던지 끊이지 않고 공연하기 때문이다.

그러나 아무리 좋은 짓이라도 여러 번 하면 물리듯이 처음 공연만 불

타는 호응을 얻었을 뿐 갈수록 손님은 줄어들었다. 그래도 이 배에 탄 사람들의 얼굴이라도 볼 수 있는 공간은 여기와 전용식당인 오션팔라스 뿐이었다.

이곳의 전속 악단인 카프리콘 밴드는 4인조 혼성그룹이었다. 드럼, 기타, 전자오르간은 나이든 중년 남자의 차지였고, 싱어는 통통한 필리핀계의 여자였는데 가창력이 수준급이었다. 한국인 승객을 배려하여 김수희의 애모와 남행열차, 노사연의 만남, 윤수일의 아파트를 불러주었다. 역시 신토불이라고 우리에게는 우리말로 된 우리가락이 흥이 났다.

그 뒤에 이어 나온 마술사는 클린턴 대통령을 떠올리게 하는 핸섬가이였는데, 어찌나 어설픈지 난 당장에 어설픈 카리스마라고 이름을 붙여주었다. 눈에만 힘을 주었을 뿐 마술은 정말이지 어설펐다. 아무리 마술에 심취하려고 해도 심취하기가 힘들었고, 공년 내내 마술사 같지 않은 어설픈 몸짓과 힘준 눈매만 쳐다보았다. 당장 법에 관한 두툼한 책을 옆에 끼워서 도서관에라도 보내고 싶은 심정이었다. 아무리 봐도 변호사가 딱 어울리는데….

어설픈 카리스마 보조로 나온 러시아계 여인은 어찌나 자그만지 살아 움직이는 인형이 아닐까 하는 생각이 들 정도였다. 꼬리달린 고양이 복장을 하고 나왔는데 고양이보다 더 고양이 같아서 애완용으로 주머니에 넣어가고 싶을 정도로 깜찍했다. 러시아 여인들은 왜 이렇게 예쁜 거야? 크면 큰 대로 예쁘고, 작으면 작은 대로 깜찍하고, 그 큰 눈과 그 긴 다리 나 좀 떼어주지.

8. 브라질 무용수의 통통 예찬

유람선에서 체류하는 무용수들이라고 해서 별반 기대를 안했다. 그저 그런 어설픈 부류겠거니 했는데 아니었다. 이네들은 전문 춤꾼이었다. 고난이도의 턴과 점프, 잰 발놀림은 오래된 연습을 요하지 않고는 이루어질 수 없는 것이었다. 게다가 여자무용수들은 공연 내내 10㎝가 넘는 높은 구두를 신고 춤을 추었기에. 하체를 많이 사용하는 이네들의 격렬한 춤에 구두굽이 남아나는 게 용하게 보였다.

여무용수들은 우리네 동양적인 신체구조하고는 그 기본부터가 달랐다. 통통한 여자가 매력적이라는 것을 성토하고 싶을 정도로 늘씬 통통한 몸에서 탱글탱글한 탄력이 뿜어져 나왔다.

이 무용수들을 보며 우리네도 통통한 여자들이 대접받는 사회가 되면 얼마나 좋을까 하는 생각을 했다. 피골이 상접한 기아 난민 같은 여자들이 브라운관을 누비는 그런 세태가 아닌 방실이 같은 푸짐한 스타일들이 대접받는 그런 시대. 그 놈의 살이 뭔지 먹고 싶은 것 제대로 못 먹고, 살 빼는 약까지 먹어야 하는 작금의 비정상적인 세태는 물러가고. 키도 대나무같이 크면서 몸무게가 50㎏도 안 되는 여자들은 모두 미숙아로 병원에서 치료받게 하는 그런 시스템 말이다. 노벨상을 탄 유전공학 분야의 과학자가 통통한 여자의 두뇌세포가 말라깽이 여인네보다 몇 백배 뛰어나다고 하면 믿을 게 인력밖에 없는 우리나라에서는 통통한 여인네들을 찾느라 눈에 불을 켜겠지? 밥 잘 먹고, 일 잘하고, 머리 잘 돌아가는 통통한 여자들이 미스코리아가 되는 그런 시대가 왔으면 좋겠다. 비약이 너무 심했나?

그래도 여자라고 솔직히 내 눈은 여자무용수보다는 남자무용수한테 더 많이 갔다.

남자무용수는 2명이었는데 한 명은 해적선장 후크같이 생겨서 뭘 해도 느끼하게 보였다. 생기다말은 디카프리오 같은 또 한 명의 무용수는 어찌나 날랜지 피터 팬처럼 허공을 통통 날아다녔다. 내가 가장 맘에 들어 한 것은 강렬한 시선 처리였다. 한번 관객을 찍었다 하면 죽일 듯이 노려보았다. 넋을 잃고 빨려들었다가는 헤어나지 못할 듯한 흡인력이 강한 시선이었다. 남자의 눈빛이라면 이 정도는 되어야 하지 않을까? 사랑에 성공하지 못한 사람들이여, 이 생기다말은 디카프리오의 눈빛을 배워가길. 열 번 찍어서 안 넘어갈 것 같던 여자도 단박에 녹다운 될 테니까.

이네들의 현란한 무용솜씨에 아낌없는 박수를 보내주었다. 그저 그런 댄서들처럼 흐느적거렸다면 절대로 박수를 쳐주지 않았을 것이다.

9. 어머, 난 왜 이렇게 인기가 많은 거야

브라질 무용수들의 공연이 끝나자 그네들은 객석에서 구경을 하던 관람객들을 끌어서 무대로 데리고 나왔다. 맨 앞에 앉아서 구경하던 나는 아주 기쁘게(?) 끌려 나갔다. 그네들의 어깨에도 안 오는 짧은 키로 난 하체를 많이 쓰는 그 무용수의 춤을 따라하느라고 정신이 없었다. 옆에서 같이 끌려나온 동료가 어떻게 춤을 추는지 보지도 못했다. 길어봐야 10분 정도 되는 시간동안 예쁜 무용수에게만 빠져서 건빵바지 차림으로 그렇게 춤을 추었다.

재미있는 일은 그 뒤에 벌어졌다.

날 알아보는 팬이 생긴 것이다.

오션팔라스의 밥 먹는 자리에서도, 내가 찍은 사진 찾으러 가는 길에서도 모르는 사람들이 말을 걸어왔다.

어머, 그때 귀엽게 춤을 추던 아가씨 아냐?

뭘 아냐? 바지 보니까 맞는데 뭘?

40대에 귀엽다는 말을 들은 사람 있으면 나와 보라 그래. 20대에 들어보고는 처음 들어보는 말이라서 괜히 기분이 우쭐했다. 어머, 난 왜 이렇게 인기가 많은 거야?

동안에다가 키가 작은 게 콤플렉스였던 20대에는 그 말이 그렇게 듣기 싫더니 지금은 어깨까지 으쓱해지니 나도 늙긴 늙은 모양이다.

내 다리가 10㎝만 더 길었고 20년만 더 젊었더라면 난 백댄서가 되어 있지 않았을까 하는 생각을 가끔씩 한다. 다시 태어나서 직업을 선택할 수 있다면 난 근육이 울룩불룩 용솟음치는 파워풀한 춤을 선사하는 댄서 정으로 입문하고 싶다. 땀에 젖은 머리칼이 빗물처럼 흩어져 날리는 그런 격정적인 내 맘대로 춤을 선사하는 춤꾼으로. 책이라고 생긴 것은 아예 쳐다보지도 않을 것이다.

내 말에 당장 무용과 출신이 반박을 해왔다. 춤도 머리에 든 게 있고 이론에 해밝아야 잘 추게 되어 있고, 이 몸을 움직여야 하는 세계가 얼마나 골 아픈지 모른다고. 자긴 절대 춤꾼으로 태어나진 않을 거라고. 집에서 맛있는 요리를 만들어 가족을 즐겁게 해주는 현모양처의 여인이 되고 싶다고. 하긴 무용과 출신의 요리 솜씨는 내가 인정하는데 단연 최고다.

남의 떡이 더 커 보이고 쉬워 보인다고 모두 이루지 못하는 것에 대한 미련이 큰 모양이다.

이루지 못한 첫사랑이 아련하듯이….

10. 김승옥의 무진기행을 떠올리게 하는 밤안개

'안개는 마치 이승에 한이 있어서 매일 밤 찾아오는 여귀가 뿜어 내놓은 입김과 같았다.'

김승옥의 무진기행에 나오는 한 구절이다.

유람선의 첫 밤을 빛나는 별들의 세리머니로 멋지게 장식하고 싶었던 나는 자정이 다 된 시각에 살며시 별님을 맞이하러 나갔다. 전갈자리 옆에 있다는 내 별자리인 사수자리, 사수자리 옆에 있다는 이 카프리콘의 산양자리를 볼 수 있을 거야, 소금을 뿌려놓은 듯 흐드러지게 핀 별꽃은 얼마나 숨이 막힐까 하는 기대를 잔뜩 품고.

그러나 말이 밤바다지 백사장에서 맞이하던 낭만적인 밤바다하고는 또 달랐다. 낭만은커녕 원초적인 두려움이 먼저 엄습해왔다.

밤사이에 진주해온 적군들처럼 짙은 물안개가 배 주위를 빙 둘러쌌다. 한치 앞도 내다볼 수가 없었다. 보이는 것이라고는 배의 난간에 두른 발광체의 조명뿐이었다. 유람선의 질주가 남겨놓은 하얀 파도의 흔적만이 여기가 공해상이라는 것을 알려주었다. 하얗게 뱃전에 부서지는 포말만 아니었다면 난 여기가 천국과 지옥 사이에 있다는 연옥인줄 알았을 것이다. 밤안개는 지독히도 하얀 마취가루를 내게 뿌리며 달려들었다. 정신이 혼미해졌다.

금방이라도 안개라는 여귀가 숨을 후욱하고 들이마시면, 내가 소리도 없이 그 여귀의 입속으로 빨려 들어가서 흔적도 없이 사라질 것만 같았다. 갑판은 난간 쪽으로 경사가 져있기 때문에 더욱 더 그랬다. 가슴께 오는 난간을 붙잡아도 여귀의 입김은 어찌나 센지 나를 난간 너머로 힘 있게 끌어당겼다. 내 머리칼은 여귀에게 잡아 뜯겨서 사정없이 헝클어져 흩날렸다.

호호호, 한 많은 여인네의 웃음소리가 어디선가 들려오는 것 같았다.

억지로 발걸음을 떼어 선실로 돌아왔을 때 난 가슴을 쓸어내려야 했다. 1분이 1시간 같이 느껴졌던 첫 밤의 추억이었다.

아하, 그래서 갑판에는 아무도 없었구나.

낭만 찾다가 숙이 또 죽을 뻔했네. 에휴!

〈2016년 순리상 수상작〉

자행심 정명숙(慈行心 鄭明淑)
충북 증평에서 나서 서울교대 졸업, 명지대학원 문예창작학과 수료.
《아동문예》동화 당선 후 동화, 동시, 시창작, 교육이론서 집필활동
시집 『그래도 난 나쁜 놈이 좋다』, 장편동화집 『똥개도 개다』 외,
자녀교육서 『초등학교 1학년 만점 학부모되기』, 『교과서 식물백과』 외
자랑스러운 동요인상, 한국문학예술상, 순리기록상, 한인현글짓기지도상
현재, (사립)유석초등학교 교감, 한국어문능력개발원 교육이사.

2016 연간집
부처님라 곤줄박이

2016년 10월 10일 인쇄
2016년 10월 17일 발행

엮은곳 : 한국불교아동문학회
엮은이 : 이 창 규
펴낸곳 : 대양미디어
펴낸이 : 서 영 애

서울시 중구 퇴계로45길 22-6(일호빌딩) 602호
등록일 : 2004년 11월 8일(제2-4058호)
전화 : (02)2276-0078
E-mail : dymedia@hanmail.net

ISBN 978-89-92290-08-1 03810
값 10,000원

＊ 이 책은 대한불교조계종 총무원으로부터 일부
   지원받아 제작한 책입니다.

이 도서의 국립중앙도서관 출판시도서목록(CIP)은 서지정보유통지원시스템 홈페이지
(http://seoji.nl.go.kr)와 국가자료공동목록시스템(http://www.nl.go.kr/kolisnet)에서
이용하실 수 있습니다.(CIP제어번호 : CIP2016023809)